Madeleine Bourdouxhe
Wenn der Morgen dämmert

Zu diesem Buch

Sieben Erzählungen von Madeleine Bourdouxhe, der Autorin von »Gilles' Frau«, die seit ihrer Wiederentdeckung von der Presse enthusiastisch gefeiert wird. Bereits Simone de Beauvoir bewunderte die Leichtigkeit und die Kunstfertigkeit, mit der die Schriftstellerin auf ihre karge und ungewöhnliche Art große Gefühle und Schmerzen beschreibt, ohne dabei je in Sentimentalität zu verfallen. Schauplätze dieser Erzählungen sind die Cafés und Bistros der dreißiger Jahre, die zum Treffpunkt von Menschen vielfältiger Herkunft werden. Wie schon in »Gilles' Frau«, so geht es auch hier um die Einsamkeit und das Empfinden von Frauen, um ihre Wünsche und ihr Begehren. Ob es sich um die Träume des Dienstmädchens Louise, um die nächtlichen Abenteuer Leas oder um Annas Leidenschaften handelt – immer wieder wird ihr alltägliches Leben von unvorhergesehenen Ereignissen unterbrochen, nach denen nichts mehr so bleibt, wie es vorher einmal war.

Madeleine Bourdouxhe, geboren 1906 in Lüttich, gestorben 1996 in Brüssel. Sie gehörte in den dreißiger Jahren zum literarischen Kreis um Jean-Paul Sartre und Simone de Beauvoir. Ihr Œuvre, das mehrere Romane und Erzählungsbände umfaßt, erlebt derzeit ein internationales Comeback. Auf deutsch erschienen bisher »Gilles' Frau« (1996) und »Auf der Suche nach Marie« (1998).

Madeleine Bourdouxhe
Wenn der Morgen dämmert

Erzählungen

Aus dem Französischen von
Monika Schlitzer und Sabine Schwenk

Mit einem Nachwort von Faith Evans

Piper München Zürich

Die Erzählungen »Ein Nagel, eine Rose«, »Die Tage der Louise«,
»Clara« übersetzte Monika Schlitzer,
»Anna«, »Wenn der Morgen dämmert«, »Blanche«,
»Lavendelfelder« übersetzte Sabine Schwenk.
Die Übersetzung des Nachworts besorgte ebenfalls
Sabine Schwenk.

Von Madeleine Bourdouxhe liegen in der Serie Piper
außerdem vor:
Gilles' Frau (2605)
Auf der Suche nach Marie (2969)

Deutsche Erstausgabe
1. Auflage März 1998
3. Auflage Mai 2000
© 1985 Éditions Tierce, Paris
Titel der französischen Originalausgabe:
»Sept nouvelles«
© des Nachworts: 1989 Faith Evans
© der deutschsprachigen Ausgabe:
1998 Piper Verlag GmbH, München
Umschlag: Büro Hamburg
Umschlagabbildung: Berthe Morisot
(»Julie Rêveuse«, 1894)
Gesamtherstellung: Clausen & Bosse, Leck
Printed in Germany   ISBN 3-492-22067-3

Inhalt

Anna

»Da«, sagte er, »hol mal Wechselgeld.«

»Ja«, sagte Anna.

Sie ging und kehrte mit den Geldscheinen zurück. Sie betrachtete Nicolas, der den Schlauch wieder an die Zapfsäule hängte, das Geld herausgab. Sie sah dem Auto nach, das die Straße überquerte, auf die andere Spur einschwenkte und nach Maisons-Alfort davonraste. Gegenüber, bei den Kollegen, hielt wieder ein Auto an. Die Frau von gegenüber war groß und hager, älter als Anna. Sie trug einen altmodischen Dutt, der hoch oben auf ihrem Kopf thronte. Sie benutzte keine Haarnadeln, sondern hielt ihren Dutt mit vier oder fünf langen, sich kreuzenden Metallstiften, die aussahen wie Stricknadeln und den Haarknoten wie ein Strahlenkranz umgaben: eine wirkliche Kuriosität. Anna betrachtete die Frau, die den Kunden selbst bediente, wie sie den Schlauch wieder an die Zapfsäule hängte. Anna betrachtete das Auto, das auf die Straße nach Maisons-Alfort einschwenkte und in entgegengesetzter Richtung davonraste. »Was ist jetzt, willst du noch lange da rumstehen? Essen wir nicht?«

Nicolas hatte aus dem geöffneten Fenster gerufen.

»Komme schon«, sagte Anna, »komme schon.«

Über den Gasherd gebeugt, hielt Anna die Kalbfleischstücke mit ihren Fingern dicht über die Pfanne,
ohne sie hineinzulegen. Es war weiß, dieses Fleisch,
weiß und langweilig, genauso langweilig wie die Autos,
die auf der Straße nach Maisons-Alfort vorüberfuhren.
Anna nahm zwei Zwiebeln und schnitt sie über der
Pfanne klein, halbierte zwei Knoblauchzehen, tat sie zu
den Zwiebeln und fügte einen Zweig Thymian hinzu.
Während sie das Ganze braun werden ließ, betrachtete
sie das Fleisch, das sie wieder auf das Papier gelegt
hatte. Dieses Fleisch war langweilig wie die Autos, wie
der Benzingeruch, der Anna den ganzen Tag umgab.
Merkwürdig, dachte Anna, auch im Kino kommen oft
Tankstellen vor. In den letzten Filmen, die ich gesehen
habe, kam immer eine Tankstelle vor. Eine Tankstelle
mit einem Mann und einer Frau, die unsterblich ineinander verliebt waren. Eine Tankstelle, in der sich ein
fürchterliches Verbrechen anbahnte. Eine Tankstelle,
an der ein traumhaft schöner Mann strandete und hängenblieb. Eine Tankstelle, betrieben von einer Gruppe
junger Leute, die dort alle einen wahnsinnigen Spaß hatten. Und nicht nur das, was dort passierte, hatte Stil,
sondern auch der Ort selbst. Dabei gibt es da nur ganz
einfache Dinge, Dinge, wie ich sie täglich sehe. Aber
alles hat Stil, die Zapfsäule, das Schild, das Stückchen
Straße, und alles liegt im stahlendsten Sonnenlicht.
Selbst wenn es regnet, haben diese Dinge einen merkwürdigen Glanz. Die Tankstelle, Ort großer Verbrechen und großer Leidenschaften ... Sollen sie doch mal
in meine Tankstelle kommen, die Herren Regisseure.

Man merkt genau, daß sie hier nicht leben. In einer Tankstelle passiert nämlich rein gar nichts.

Anna kam mit der Pfanne in der Hand in das rundum verglaste Zimmer.

»Scheiße, da ist ein Kunde«, sagte Nicolas.

Er ging. Anna stellte die Pfanne auf den Tisch und setzte sich. Man hörte das Geräusch der Zapfsäule. Man hörte das Geräusch eines Schraubenschlüssels, den jemand aufs Trottoir warf. Das Fleisch in der Pfanne wurde kalt. Anna stieß einen langen Seufzer aus, unter dem sich der Stoff ihrer weißen, etwas engen Bluse spannte. Anna senkte den Kopf. Ihr Busen war schön, hoch und fest. Sie zog am Revers ihrer Bluse, am Ansatz des Busens. Zarte, blaue Linien liefen über ihr Dekolleté. Adern, dachte Anna. Schläuche voll Blut, dachte Anna. Eine Brust, dachte Anna, konnte nur wirklich schön sein, wenn sie aus Marmor war oder aus Stein. Es war nicht so, daß Blut Anna geängstigt hätte. Gegen flüssiges, rotes Blut hatte sie nichts. Doch Annas Gedanken machten dabei nicht halt. Sie sah geronnenes, schwarz gewordenes Blut. Blut, das im Begriff war, sich zu zersetzen. Blut, das ins Herz zurückströmte. Nicolas kam zurück und setzte sich wieder auf seinen Platz.

»Was ist, nimmst du dir nichts?« sagte er.

»Ich habe keinen Hunger«, sagte Anna.

Er zuckte mit den Schultern und nahm sich ein Stück Fleisch.

»Gut gewürzt«, sagte er.

Sie schnitt in der Pfanne ein kleines Stück Fleisch heraus und kaute darauf herum. Es blieb ihr im Hals stecken.

»Nicolas«, sagte sie, »mach das Radio aus.«

»Warum?« sagte er. »Das ist doch ein hübsches Lied.«

Es war ein hübsches Lied. Anna stellte sich einen Mann auf einem Motorrad vor. Er fuhr schnell. Er prallte gegen einen Pfahl. Sein Kopf prallte gegen den Pfahl. Flüssiges, rotes Blut. Blut, das ins Herz zurückströmte. Der Mann war tot. Tot.

Anna stand ein Stückchen vom Tisch entfernt und stützte sich mit beiden Händen ab. »Nicolas«, sagte sie, so wie man »Hilfe« sagt.

»Was denn?« fragte Nicolas, der an seinem Fleisch kaute.

»Nichts«, sagte Anna.

Sie stand auf, ging zum Spülbecken und stürzte ein Glas Wasser hinunter. Sie setzte sich wieder, nahm sich ein Stück Fleisch, und aß es, wie Nicolas, wie jedermann.

»Ist das alles?« sagte Nicolas.

»Es gibt noch Salat«, sagte Anna.

Als sie den Salat gegessen hatten, räumte sie den Tisch ab und fing an, das Geschirr zu spülen. Nicolas war auf seinem Stuhl in sich zusammengesunken, den Kopf auf den Armen, die angewinkelt auf dem Tisch lagen. Er war müde. Am Vorabend war er spät zu Bett gegangen, weil er noch zwei Wagen überholen mußte, die am nächsten Morgen zeitig abgeholt werden sollten. Vor dem Haus hörte man das wiederholte Hupen eines Autos.

»Sieh doch mal nach, Liebes«, sagte Nicolas mit schläfriger Stimme.

»Ja«, sagte Anna.

Sie füllte zwei Liter ein, hängte den Schlauch wieder an die Zapfsäule, nahm das Geld entgegen und sah zu, wie das Auto davonfuhr. Autofahrer waren nicht unterhaltsam, nie. Sie riefen einem nur zu, wieviel Benzin sie brauchten, zahlten, dankten. Die meisten stiegen nicht einmal aus. Den Tankdeckel durfte man selbst auf- und wieder zuschrauben. Selbst wenn etwas repariert werden mußte, blieb der Fahrer im Auto, mitsamt seiner Familie. Mußte der Wagenheber benutzt werden, stiegen sie aus und spazierten an der Straße entlang, kehrten zurück, wenn alles fertig war, dankten und rasten davon, um die verlorene Zeit wieder aufzuholen. Mit den Radfahrern war das anders. Ein Radfahrer war angenehm. Er erledigte die Arbeit selbst und bat nur darum, daß man ihm half, indem man das Fahrrad auf die eine oder andere Art festhielt; er redete, während er arbeitete. War er fertig, wischte er sich über die Stirn und sagte:

»Es ist heiß, gibt es hier in der Gegend vielleicht ein Bistro?«

»Nein«, sagte Anna, »aber wenn Sie ein Glas Limonade möchten.«

Sie holte die Flasche. Zum Dank plauderte der Radfahrer ein Weilchen mit ihr, woher er kam, wohin er wollte. Wenn er davonfuhr, konnte Anna ihm länger nachsehen, ihn sich noch vorstellen, wenn er bereits in der Ferne verschwunden war. Zur Tankstelle kamen kaum Radfahrer.

Sie ging wieder ins Haus und wusch weiter das Geschirr ab. Das Telefon läutete. Es stand in dem rundum verglasten Zimmer auf dem Tisch, der als Schreibtisch diente. Anna hörte Nicolas' Stimme: »Hallo ..., hallo ...«, wiederholte er, und dann: »Keiner dran.« Nicolas streckte sich wieder auf dem kleinen Diwan aus und döste weiter vor sich hin. Anna räumte die Teller und das Besteck weg. Sie wischte mit einem Tuch über die Kacheln. Wieder ertönte das schrille Läuten. »Hallo«, sagte Nicolas. »Hallo«, brüllte er und legte wütend auf.

»Jetzt kann ich doch nicht mehr einschlafen.«

Er ging hinaus, rollte ein Rad auf den Bürgersteig und fing an, es zu reparieren. Anna hörte das dumpfe Geräusch des Reifens auf den Pflastersteinen. Zum dritten Mal ertönte das Klingeln.

»Hallo?« sagte Anna.

»Hier ist Bobby. Hast du Lust, später mit mir auszugehen?«

»Ja ..., ja ...«, sagte Anna.

»Dann hol mich ab, wir gehen tanzen.«

»Ja ..., ja ...«, sagte Anna.

Sie legte auf, nahm ihr Taschentuch und fuhr damit über ihre Lippen, die ein wenig feucht waren. Nicolas kam die Holztreppe wieder herauf und trat ins Zimmer.

»Wer hat da angerufen?«

»Das war Bobby«, sagte Anna.

»Bestimmt war er das auch, der mich zweimal aufgeweckt hat, diese Nervensäge. Er will mit dir ausgehen, stimmt's?«

»Ja«, sagte Anna.

Nicolas schleuderte den Schraubenschlüssel, den er

in der Hand hielt, mit voller Wucht auf den kleinen Tisch, gegen das Telefon. Dann kehrte er ihr den Rükken und ging auf die Tür zu.

»Nicolas«, rief Anna, »du weißt genau, daß ich nichts Unrechtes tue ...«

»Jetzt hör schon auf, du gehst mir auf den Wecker«, sagte Nicolas und schlug die Tür hinter sich zu.

Anna setzte sich auf den Rand des Diwans, die gefalteten Hände zwischen die Knie geklemmt. Nicolas ist zornig. Nicolas wird nicht wollen, daß sie mit Bobby ausgeht. Da ist ihr Körper, der auf dem Diwan sitzt. Ihre Hände, ihre Knie, ihre Arme. Man könnte nicht einmal sagen, daß er vor ihr steht. Sie ist in ihm. Sie ist dieser Körper voller Adern. Sie ist diese Adern voller Blut. Dieses Blut und diese Adern, die sie anwidern. Ist sie denn nichts weiter als dieser Körper, der ihr lästig ist? Wozu dient er, dieser Körper? Man stelle sich vor, eine Frau, die einen vollen Abfalleimer trägt, verletzt sich an der Hand, und der ganze Schmutz des Mülls dringt durch diese Schramme in sie ein, vermischt sich mit dem Schmutz ihres Körpers, der Kratzer schwillt und rötet sich, der Körper wird brandig, der Körper verfault, die Frau ist tot. Tot. Die Frau von gegenüber, mit den Metallnadeln im Haar. Sie pumpt ihr Benzin, die Frau von gegenüber. Warum? Sie pumpt ihr Benzin mit der Hand, an der sie eine solche Schramme haben könnte. Doch das braucht es nicht einmal. Sie holt sich eine Erkältung, eine schlimme Grippe, das reicht schon. Und es ist nicht einmal ein Verlust: Denn wozu dient er, ihr häßlicher, gealterter Körper? Sie könnte ebensogut gleich sterben, einfach so, wegen nichts.

Aber Anna ist hübsch, und jünger. Ja, einige Jahre ...
Was ist das, einige Jahre ... Zum Beispiel: zehn Jahre.
Vor zehn Jahren, das war die Zeit, als sie schwanger
war. Sie erwartete Paul. Zehn Jahre gehen schnell vorbei. Es ist, als wäre es gestern gewesen. Im Geiste sieht
sie sich wieder, mit riesigem Bauch und aufgequolle-
nem Gesicht. Im ganzen gesehen, war dies eine Zeit, in
der ihr Körper sie nicht anekelte. Sie fuhr mit der Hand
über den geschwollenen Bauch, über die gespannte
Haut, und sie akzeptierte ihn, diesen entstellten Körper. Weil er plötzlich einen Zweck erfüllte. Einen klar
definierten Zweck. Jetzt war er wenigstens zu etwas
nütze. Sie versorgte Paul, sie stillte Paul, ohne an etwas
anderes zu denken. Die Zeit verging. Und die Zeit, die
verging, war schön. Sie hatte Paul gemacht. Aber lag
denn darin letztlich ein Sinn? Sie weiß es nicht. Das ist
Pauls Sache; soll er jetzt sehen, wie er zurechtkommt.
Sie fand es schön, Paul zu machen. Jetzt ist Paul nicht
da. Paul ist neun Jahre alt, und da nun Ferien sind, ist er
in der Nähe von Chevreuse, auf dem kleinen Hof seiner
Tante. Paul käme heute auch ohne Anna aus. Und da
sitzt Anna, auf dem Diwan, mit ihrem Körper, in ihrem
Körper. Es ist ja nicht so, daß Anna den ganzen Tag
lang nichts zu tun hätte. Sie hilft Nicolas, die Kunden
zu bedienen, kocht, kauft ein, spült, schrubbt, bürstet,
wäscht, bessert Wäsche aus, reinigt Nicolas' Anzüge.
Doch all das wird immer wieder ungeschehen gemacht.
Geschirr zu spülen ist ganz und gar nicht das gleiche,
wie Paul großzuziehen. Da sitzt sie, auf dem Diwan,
vor den beiden Tischen, dem Tisch, an dem gegessen
wird, und dem, der als Schreibtisch dient, vor dem Ra-

dio, zwischen den Stühlen, den Vasen, den Gegenständen. Anna hört die Autos, die auf der Straße nach Maisons-Alfort rasen, Anna hört das Geräusch der Zapfsäule, das Geräusch der Reifen und der Schraubenschlüssel auf den Steinen des Trottoirs. Anna atmet den Geruch des Benzins ein. Gegenstände, Gerüche und Geräusche, in denen ihre Gedanken sich lösen, einen Sprung tun, davonfliegen, jenseits der Gegenstände, jenseits der Stunden, jenseits der Tage.

Durch die Fensterscheiben hindurch, hier ist alles verglast, sieht Anna die Frau von gegenüber. Und Anna sieht einen Mann, der immer um diese Uhrzeit daherkommt und auf dem gegenüberliegenden Bürgersteig oder auf ihrer Seite stehenbleibt, je nachdem, wie die Sonne steht, und ob er Wärme oder Schatten sucht. Er postiert sich dort wegen der haltenden Autos und streckt seine Mütze aus. Er schüttelt seine Mütze, weil er an einer Nervenkrankheit leidet. Wenn der Mann stillsteht, bleiben nur seine Zehenspitzen auf dem Boden, die Fersen heben und senken sich, so daß sein ganzer Körper geschüttelt wird. Seine linke Hand schüttelt die ausgestreckte Mütze; den rechten Arm hat er zur Schulter hin angewinkelt, und es ist, als hielte er die geöffnete Hand zum ewigen Gruß erhoben. Es ist Pech, daß Anna so einen Mann ansehen muß. Er steht auf der sonnenüberfluteten Straße. Die Sonne wärmt den Mann und läßt die Metallstifte in den Haaren der Frau aufblitzen. Autos rasen über die Straße. Autos und Motorräder, deren unaufhörliches Brummen in der Stille dröhnt. Anna schließt die Augen und sieht ein Motorrad, so, als sähe sie es wirklich, ein Motorrad, das in voller Fahrt herankommt, auf das gegenüberliegende Trottoir fährt und die Frau mit dem Dutt überrollt. Fontänen, Garben von Blut spritzen empor, ergießen sich überallhin und färben alles rot, die Zapfsäulen, das Pflaster, die Mauern, den Bettler, die ganze Straße.

»Stell dir das mal vor«, sagt Anna, »die Frau von gegenüber, überfahren, aus heiterem Himmel.« Mit wem spricht sie da? »Stell dir das mal vor«, schreit Anna, »stell dir mal vor, was für Gedanken ich habe!« Wen schüttelt sie da, vor sich, mit ihren ausgestreckten Händen, wen schüttelt sie da, damit er sich dies vor Augen führt? Wahrscheinlich Nicolas. Nicolas, der am Fuß der Holztreppe einen Reifen repariert. Anna beugt sich zum Fenster vor und schaut auf den Bürgersteig hinab. Nicolas, der mit gegrätschten Beinen dahockt, sieht sich langsam und prüfend den Reifen an. Nicolas ist zornig. Und dennoch liebt sie ihn. Sie liebt keinen anderen Mann als Nicolas. Aber mit Nicolas, bei Nicolas ist es wie mit den beiden Tischen, dem Diwan und dem Radio, Anna ist in ihrem Körper, Gefangene ihres Körpers. Ob Nicolas sich vorstellt, daß sie mit Bobby ausgeht, um zu flirten, um mit ihm zu schlafen? All das interessiert Anna nicht. Es ist sowieso einerlei, es bringt nichts Neues. Und was die wahre Liebe betrifft, na, die hat sie noch nicht erlebt, weder am eigenen Leib noch in ihrer Umgebung. Armer Nicolas, der gleich eine Bettgeschichte vermutet, wenn sie mit Bobby ausgeht. Wenn sie anfinge, es zu erklären, würde es sich anhören, als hätte sie einen Spleen.

Bobby sagt zu ihr: »Was ist, tanzen wir? Ergreift Eure Schleppe, Prinzessin.« So tanzen sie, weit voneinander entfernt, mit aufeinanderliegenden Armen, voller Anmut. Und langsam verwandelt sich Annas Körper. Sie wird leicht, wunderbar leicht. Annas Körper löst sich auf und gibt sie frei, fortgetrieben und wie ausgelöscht durch die Noten der Musik, die auf sie herabregnen, und durch die langsamen, anmutigen, losgelösten Bewegungen ihrer beider Arme. Bobbys Gesicht ist vor Anna, falten- und makellos, ein starres Gesicht, das nur noch aus zwei hellen Augen unter den schwarzen Locken besteht, den hellen, kraftvollen Augen eines Schutzengels. Und Anna, von ihrem Körper erlöst, ist nur noch ein flüsternder, schmeichelnder Atem, ein tiefer, reiner Blick, gerade erst zum Leben erwacht, der alles zum ersten Mal erfaßt, die Dinge, die Männer und Frauen, die Bäume, die nun im Lichte stehen, im wahren Licht des Atems, der Anna geworden ist, nicht mehr im Dunkel ihres Körpers. An der Hand zieht Bobby sie zwischen den Tischen in die Gärten der Molkerei, führt sie zum Saal, zur Quelle der Musik.

Bobby und Anna stehen voreinander, sie heben ihre Gläser, die leise klingend aneinanderstoßen, und trinken den Roséwein, der wie von selbst, vermischt mit ihrem Atem, ihre Kehlen hinunterrinnt. Da wandelt sich der Regen der Musik in heiße, glühende Tropfen, die alles verbrennen, alles versengen, was noch nicht Atem war in Anna, noch nicht Atem genug. Anna ist nur noch Traum und Dunst, duftig, schwebend gleitet sie auf Luftschichten dahin und betrachtet die Dinge aus einer höheren Warte. Sie erwartet gespannt das Wunder, das sich offenbaren, das Geheimnis, das sich langsam eröffnen wird wie eine Blume, die erblüht, um

den Sinn der Erdenzeit und den Nutzen des Blutes dar-
zutun, und zu zeigen, welches die Wahrheit ist. Eines
Abends, es war im Wald von Meudon, war ein Mann bei
ihr. Was bedeutet es schon, ob er Bobby hieß oder anders, denn er war namenlos, und auch Anna war nur
noch körperloser Atem, nicht mehr Anna. Sie lag auf
dem Boden, der Mann über ihr, ihre Arme waren ausgestreckt und die des Mannes über ihren, und beider
Hände waren ineinander verschlungen. Hingestreckt
auf dem Boden, ohne jede Fleischeslust, doch mit weit
geöffneten Augen, den Blick auf die Blätter des Baumes
über ihnen gerichtet, und jenseits des Baumes auf den
von Sternen erhellten Himmel. Und wie sie so dalag, fest
an die Erde gepreßt, mit zurückgelegtem Kopf, den Blick
zum Himmel gerichtet, dachte Anna, ohne ihre Gedanken in Worten zu fassen, doch so als spräche sie sie aus:
Ich liege auf dem Boden, und neben mir dieser Mann.
Ich liege und stehe zugleich außerhalb meiner selbst, und
es ist so, als sähe ich mir zu. Ich sehe einen Mann und eine
Frau daliegen. Sie sind stumm, sie sind unbeweglich,
erstarrt. Sie werden noch genauso starr daliegen, wenn
unsere Hände sich schon voneinander gelöst haben und
unsere Gesten wieder lebendig geworden sind. So sind
sie, jetzt und in künftigen Jahrhunderten. Endlich Marmor oder Stein. Berührt vom Wunder der Anmut. Ich
sehe sie. Und wenn man vom höchsten Stern aus die
Erde betrachtet, sieht man sie so, aus Marmor oder
Stein. Sie werden immer so sein, ein Mann und eine
Frau, die keinen Namen haben, ewig sichtbar, bewun-
dernswert schön, wie Marmor und Stein, und es gibt nur
noch sie auf Erden, und sie geben der Erde einen Sinn.

»Was ist, tanzen wir? Ergreift Eure Schleppe, Prinzessin.« Auf dem Rand des Diwans sitzend, die Hände zwischen die Knie geklemmt, hört Anna seine Stimme. Sie hört den warmen, stürmischen Klang der Lieder. Und schon wird Anna, bereits zur Hälfte Atem, von jener stürmischen Wärme erfaßt. Sie erhebt sich, bleibt regungslos stehen und stellt sich um sie herum die Falten eines schönen Kleides vor, lang müßte es sein, sie rundum verhüllend und weit, damit alle Formen ihres Körpers darunter verschwänden. Der Stoff würde ihre Arme bedecken. Und Blumen würden ihr Dekolleté, seine zarten, blauen Linien verhüllen. Anna hat kein solches Kleid. Sie wird ihr hellgraues Kostüm und ihre kirschrote Bluse anziehen.

Anna ist zum Kleiderschrank gegangen, hat den grauen Rock herausgenommen, ihn ausgebürstet und gebügelt. Sie hat ihre kirschrote Bluse gewaschen, hat sie in die Sonne gehängt und noch feucht gebügelt. Und da sie gerade beim Waschen und Bügeln war, hat sie einen Anzug von Nicolas ausgebürstet und gebügelt, seine Socken gewaschen. Anna hat Kartoffeln geschält. Zwei- oder dreimal ist sie hinuntergegangen, um Benzin zu verkaufen. Sie hat im Glaszimmer den Tisch gedeckt, dann ist sie in das graue Kostüm geschlüpft, in die kirschrote Bluse und hat ihr Haar frisiert. Ihr allzu feines Haar, das den Wellen, in die man es legt, stets entschlüpft und sich von selbst auf Stirn und Schläfen kräuselt. Schon hörte Anna in sich die Musik, schon war Anna leicht und warm wie ein Regen von Musik. Als Nicolas das gläserne Zimmer betrat, sah er sie so vor sich, duftig und zurechtgemacht.

»Du hast also tatsächlich vor auszugehen?«

»Aber ja doch, Nicolas ... Ich werde ausgehen ...«

Er hat sich vor sie gestellt, die Beine fest in den Boden gestemmt, und sieht sie mit zornigem Gesicht an.

»Und wenn es mir nicht paßt, daß du ausgehst?«

Duftig und zurechtgemacht, den Kopf schon voller Lieder, abwesend und unverwundbar, mit einem Lächeln, das schon nicht mehr Annas Lächeln ist, einem ätherischen, unauflöslichen Lächeln, antwortet sie: »Ich werde aber ausgehen, Nicolas. Wo Bobby mich doch gefragt hat ... wo er doch auf mich wartet.«

Sie bewegt sich nicht, sie bleibt immer noch lächelnd vor Nicolas stehen.

Dir wird dein verklärtes Lächeln noch vergehen. Nicolas hat die Faust erhoben, er trifft genau ihren Mundwinkel, und Annas Lächeln erlöscht unter einer Garbe von Blut.

Nicolas hat das Zimmer verlassen und die Tür hinter sich zugeschlagen. Über das Becken gebeugt, betupft Anna mit einem Waschlappen ihren Mund. Die Zähne tun ihr weh. Im Spiegel sieht sie den kleinen Riß in ihrer Lippe und inmitten des aufgeplatzten Fleisches das perlende Blut, das sie immer wieder wegwischen muß. Anna setzt sich auf den Diwan, den Waschlappen an den Mund gepreßt.

Sie steht auf, geht wieder zum Spiegel. Sie blutet nicht mehr, aber die Lippe ist lila und geschwollen. In Annas Kopf, in ihrem Herzen und um sie herum herrscht Leere, eine drückende Leere. Sie ist dieser Körper, diese Lippe, nur noch diese Lippe, die, sobald sie sie

bewegt, wieder zu nässen beginnt und über die sie vorsichtig mit der Zunge fährt.

Anna geht die Holztreppe hinunter. Unten, auf dem
Trottoir, trifft sie Lucien, den jungen Mann, der Nicolas manchmal hilft.

»Ich soll für Nicolas einspringen«, sagt er. »Er mußte
was erledigen.«

»Aha!« sagt Anna.

»Was haben Sie denn gemacht«, sagt Lucien, »haben
Sie sich verletzt?«

»Ist mir vorhin passiert«, sagt Anna. »Ich bin auf der
Treppe gestolpert und mit den Zähnen gegen den Was-
serkrug geschlagen, den ich in den Händen hielt.«

»Tun Sie Arnika drauf«, sagt Lucien.

Anna läuft die Straße entlang. Sie läuft eine geraume
Weile. Sie weiß nicht, wohin sie geht. Die Autos rasen
an ihr vorbei, in beide Richtungen. Anna biegt links
von der Straße ab, um auf schmalere Wege zu gelangen.
Sie geht an einem Café vorbei, vor dem sich ein mit zwei
Eisentischen und einigen Stühlen versehenes Gärtchen
befindet. Sie kehrt um, betritt den kleinen Garten, setzt
sich an einen Tisch. An das Haus stößt im rechten Win-
kel eine Mauer aus Zement, die den Garten an einer
Seite abschließt. An die graue Mauer gelehnt, steht mit
ausgebreiteten Armen eine Frau, den mageren Körper
in eine schwarze Kittelschürze gehüllt, ihr rotes Haar
hebt sich vom Grau der Mauer ab. Kümmerliche,
schwach belaubte Reben klammern sich links neben der
rothaarigen Frau an den Zement; um ihren geneigten
Kopf herum rankt sich ein kraftvolleres Büschel mit
drei fast erblühten Passionsblumen an der Mauer em-

por. Die Frau seufzt. Unbeweglich, von der Hitze ermattet, ruht sie sich an der Mauer aus.

Obwohl der Abend naht, ist es sehr heiß und fast ge-
witterschül. In der Hitze platzen die winzigen Früchte
des wilden Weins, der sich wie eine Laube über Annas
Tisch wölbt, und die Samen rieseln leise, wie feiner Regen, auf den Tisch und in Annas Haar. Wie ein grüner
Regen. Wie ein warmer, heftiger Regen, der nicht fallen wird. Und der doch schon jetzt dort fällt, wo ich
nicht bin. Dort, wo ich nicht sein werde. Ich bin in
meinem Körper. Ich bin nur mein Körper. Mein Körper, der zu nichts dient. Und dieser grüne Regen ist
nichts, wird mir nichts geben. Grüner Regen, der
nichts ist und auf meinen Körper fällt, der nichts ist als
mein Körper, der nichts ist. Warmer, heftiger Regen,
der nicht fallen wird. Wie ein grüner Regen, der nicht
mein Regen ist. Ein grüner Regen. Grüner Regen. Regen.

»Ich hätte gerne einen Zitronensaft«, sagt Anna.

Die rothaarige Frau trat vor, und plötzlich war die
graue Mauer leer. Die Frau brachte eine Flasche und ein
Glas, die sie auf Annas Tisch stellte.

»Das macht vierzig Sous«, sagte die Frau.

Von der Hitze ermattet, schleppte sich die Frau an
den gegenüberliegenden Tisch und setzte sich, die
Arme über der Tischplatte ausgestreckt, in den Händen einen Schlüssel, mit dem sie spielte.

Auf dem Gelände neben dem Haus sprachen zwei
Kinder miteinander, juchzend vor Freude. »Geht
rein«, rief ihnen die Frau zu. »Ab ins Bett.« Anna hörte
die Kinder im Haus, das sie durch die Hintertür betre-

ten hatten, weiter reden und lachen. Jetzt kamen sie ins Gärtchen, das sie zur Straße hin durchquerten.

»Ich hab euch doch gesagt, daß ihr ins Bett sollt«, sagte die Frau.

Die Kinder gingen weiter auf die Straße zu, sie begannen zu laufen.

Anna betrachtete die Kinder, betrachtete die Frau und lächelte ihr zu. Das Lächeln tat ihr weh, und sie betupfte die Lippe mit ihrem Taschentuch.

»Die sind nicht von mir, das sind die Kinder meines Bruders«, sagte die Frau gleichgültig.

Ein merkwürdiger Geruch, ein Geruch nach Verbranntem, drang aus dem Haus. Schnuppernd, mit angespannter Miene, stand die Frau auf.

Die Frau kam wieder heraus, ein merkwürdig dampfendes Stoffpaket in der Hand.

»Diese Rotzbengel«, sagte sie. »Diese elenden Rotzbengel. Die haben ein Mäusenest gefunden und haben die Mäuse in mein Tuch gesteckt. Das haben sie auf den Herd gelegt, in eine Ecke, wo's schön warm ist. «

Sie kniete sich hin, wickelte das dampfende Tuch auf und erstickte den Rauch in ihren Händen. Winzige Tiere, blaßrosa und nackt, wanden sich piepsend auf dem Boden des Gartens. Die Frau packte sie an den Schwänzen und zermalmte sie, eins nach dem anderen, mit einem Stein. Dann erhob sie sich und schob das Ganze mit einem Fuß unter die Hecke. Erschöpft kehrte sie an ihren Platz vor der grauen Mauer zurück, wo die drei Passionsblumen wieder ihren Zweck erfüllen konnten. Es war so, als ließen Pose und Blüten die

Frau zu etwas Universellem erstarren, als würde sie zum Zentrum ihrer selbst und mehr als sie selbst. Anna saß da, den Blick auf die rothaarige Frau geheftet. Ein grüner Regen rieselte auf den Tisch, in das Glas und in Annas Haar. Schließlich stand Anna auf, ging um den Tisch herum und lief schweren Schrittes weiter. Sie fand auf die Straße nach Maisons-Alfort zurück, die sie, in entgegengesetzter Richtung, entlangging. Es wurde immer dunkler; die Hitze hatte nicht nachgelassen. Anna stieg die Holztreppe hoch. Sie setzte sich auf den Diwan, die Hände zwischen die Knie geklemmt. Nicolas kehrte zurück und sah sie dort sitzen, so als hätte sie sich nicht gerührt.

»Du bist nicht ausgegangen?« sagte er. »Du bist da ...«

Er legte seine Hand auf Annas Schulter.

»Tut es dir weh?« sagte Nicolas.

»Nein«, sagte Anna.

»Ich bin ein brutaler Mensch, das bin ich wirklich«, sagte er. »Ich bitte dich um Verzeihung.«

Und als sie nichts sagte, sich nicht bewegte:

»Was ist, essen wir?«

Sie stand auf und ging in die Küche, um die Suppe aufzuwärmen. Nicolas stellte das Radio an, wegen der Nachrichten. Sie aßen.

Nach dem Essen blieb Anna stumm, sie deckte den Tisch nicht ab, saß nur wie benommen da. Nicolas zog den Vorhang vor das große Glasfenster. Er sagte:

»Los, komm schon. Zieh dich aus. Ab in die Falle.«

Auf dem Diwan sitzend, zog er sich schon die Schuhe aus. »Ich hoffe, heute nacht kommen keine Kunden«, fügte er hinzu. Nicolas sagte: »Komm«, mit einer Stimme, als hätte er ein Reibeisen im Hals.

Anna lag ausgestreckt auf dem Rücken unter der Decke, die Arme an den Körper gepreßt. Nicolas löschte das Licht, drehte und wendete sich ein wenig im Bett und wandte sich dann zu Anna hin.

»Bist mir doch nicht böse? Sag?«

Nicolas war ein Mann von kräftiger Statur. Das ganze Bett wankte unter seinem Gewicht. Schwer lag er auf Anna, Nicolas Stimme wurde weich. Wenn er zärtlich wurde, begann er zu stammeln und zu stottern. Er sagte dann Dinge wie mein sü-süßes Hä-äschen. Schweißbedeckt und keuchend, die Zähne verzweifelt zusammengebissen, kämpft Anna, und es ist ein Kampf gegen sich selbst. Nicolas wird Annas Körper bezwingen. Annas Körper wird Anna bezwingen. Anna wird sich verwandeln, wird aufblühen zu einem Fetzen Fleisch. Mein Gott, ich will nicht. Ich will nicht. Verwandlung. Verschiebung. Sturz. Ein Fetzen Fleisch, der aufblüht. Die ganze Anna ist nur mehr eine große, geschwollene, überfließende Rosette. Der schließlich von neuem Anna entspringt, eine erneuerte Anna.

Anna schluchzte.

»Ach, du weinst«, sagte Nicolas. »Du hast wohl zuviel ...«

Mein Gott, er wird das Wort sagen. Anna legt Nicolas die Hand auf den Mund.

»Ich mag dieses Wort nicht«, sagte sie.

»Jetzt muß ich sie wohl erst alle durchfiltern.«

Er rutschte ein wenig im Bett herum, bis er bequem

dalag, und fügte hinzu: »Ich werd die Weiber nie verstehen. Da macht man, daß sie ihren Spaß haben, und sie flennen nur. Ständig flennen sie, dabei müssen sie nicht mal Krieg führen oder Revolutionen machen.«

»Vielleicht ist es ein Glück für euch, daß ihr es müßt«, sagte Anna.

»Ein Glück? Komisches Glück«, sagte Nicolas.

»Es bildet«, sagte Anna.

Für einen kurzen Moment herrschte Schweigen. Dann fügte Anna hinzu: »Außerdem ist man dann vielleicht zu etwas nütze. Vielleicht tut man etwas für . . .«

Ihre erhobene Hand, ihre geöffnete, liebkosende Hand fuhr mit einer ausholenden, kreisförmigen Geste durch die Dunkelheit und vollendete ihren Gedanken.

»Was zeichnest du da?« sagte Nicolas.

»Ich verscheuche eine Fliege«, sagte Anna.

Nicolas schlief ein. Annas Augen blickten in das Dunkel des Zimmers. Das Licht der erleuchteten Zapfsäulen drang durch einen Vorhangspalt und fiel auf die Decke, auf Annas Füße. Draußen war es dunkel, aber Anna sah das Trottoir, das auch ohne Sonne so hell erleuchtet war, als hätte der Morgen schon begonnen. Anna sah die Frau mit ihrem von Metallstiften gespickten Haar, sah den Mann mit dem kurzen, angewinkelten Arm und der geöffneten Hand. Servus, Servus, machte der hüpfende Bettler.

Anna schloß die Augen. Auf der Erde wäre Frühling. Inmitten ausgedehnter Weiden würden Soldaten eine Straße entlangmarschieren, vorbei an blühenden Obstgärten. Das Licht verströmt einen Wohlgeruch. Kinder betrachten die freundlichen Gesichter der Soldaten.

Eine Frau hebt die Hand: »Guten Tag! Soldaten.«
Zwei Frauen heben die Hand: »Kommt ihr noch einmal
vorbei?« Die Soldaten singen. Sie singen, was sie
wochentags und sonntags singen. Regimentslieder,
Walzer, Liebesweisen. Und jede einzelne Note, jedes
herzzerreißende Wort, das alle Wörter der Welt herauf-
beschwört, offenbart dem Herz des Sterbenden die
Ewigkeit. Anna sieht die freundlichen Gesichter der
Männer und die blühenden Obstgärten. Aber sie ist weder Kind noch grüßende Frau. Sie ist das Lied, das die
Soldaten singen.

Ein Nagel, eine Rose

Es war dunkel. Auf den Bürgersteigen und auf den Straßen gingen Menschen, aber man sah sie nicht. Sie ging durch die dunklen Straßen. Er nahm sein Glas in beide Hände und ließ langsam das Bier auf seinem Grund kreisen. Er sagte kein Wort. Ich redete und verlor langsam den Verstand. »Da ist doch irgend etwas«, sagte ich, »irgend etwas, das du mir nicht sagst. Vielleicht machst du dir etwas vor, das gar nicht wahr ist. Sag es mir, erkläre es mir, rede«, habe ich gesagt, »rede doch.« Er sagte nichts. Wir waren es nicht gewohnt, einander Dinge zu erklären. Es war selbstverständlich, daß wir einander so verstanden, beinahe ohne Worte. Also habe ich mir gesagt, mir bleibt nichts anderes übrig, als zu gehen. Und diese Sache, die ich niemals verstehen würde, auf sich beruhen zu lassen. Ich weiß nicht einmal, ob ich mich von ihm verabschiedet habe. Ich glaube, ich habe es nicht getan, bin einfach aufgestanden, habe den Raum durchquert und die Tür geöffnet. Und er ist sitzen geblieben, ist mir nicht gefolgt. Das war in dem Bistro, in dem wir uns oft getroffen hatten. Es war nach irgendeiner Blume benannt: »Zum Maiglöckchen«

oder »Zur Levkoje«. Ich habe den Namen nicht etwa vergessen, ich versuche nur ständig, nicht mehr an ihn zu denken. Ich bin die Straßen entlanggegangen, er ist mir nicht gefolgt, hat nicht gerufen: Irène.

Sie ging durch die dunklen Straßen. Es war nicht erst an jenem Tag geschehen, auch nicht am Abend davor. Es war schon vor einer ganzen Zeit passiert. Aber seitdem sah sie ihn immer wieder vor sich, sah ihn während sie die Straße entlangging, wie er sein Glas in beiden Händen hielt und langsam das Bier auf dem Grund des Glases kreisen ließ. Er sagte kein Wort. Ich redete und verlor langsam den Verstand.

Sie war müde, und die Straße stieg steil an. Sie wartete auf die Straßenbahn. Als sie im Wagen saß, schloß sie die Augen. Aber die Bilder stürmten auf sie ein. Sie sah sein Gesicht, sein Haar. Und seine Hände, die sie so sehr liebte. Auf einmal stiegen ihr Tränen aus ihrem tiefsten Inneren in die Augen. Sie wollte nicht in der Straßenbahn weinen. Da war es noch besser zu sprechen, Selbstgespräche zu führen. Ich werde diese Sache nie verstehen. Dany und Irène, das habe ich verstanden. Das habe ich sehr gut verstanden. Und außerdem habe ich geglaubt, die ganze Welt zu verstehen. Dany und Irène und die Welt. Aber diese Linie mit einem Pfeil an jedem Ende, die zwischen Dany und Irène steht, die werde ich niemals verstehen. Und was wird denn jetzt aus der Welt? Immer wenn wir uns trafen, verbanden wir uns wie zwei Hände, die man ineinanderlegt. Zwei ineinandergelegte Hände waren wir. Zwei Hände desselben Wesens, Finger an Finger, alle gleich lang, Handfläche an Handfläche, beide gleich.

Und wenn sich zwei Hände desselben Wesens verbinden, geschieht das aus ein und derselben Freude oder
Angst heraus. Er sagte nie zu mir: »Ich liebe dich.« Ich
sagte es auch nicht. Viele Leute um uns herum sagten:
»Ich liebe dich.« Das, was zwischen uns war, hatte
nichts mit dem zu tun, was zwischen den anderen war.
Er sagte nicht: »Ich liebe dich.« Er sagte: »Irène.« Und
ich sagte: »Dany.« Manchmal waren wir im Herzen der
Liebe, wie eine Biene in einer geschlossenen Blüte.
Nur manchmal, denn das war nicht der einzige Grund,
weshalb wir uns trafen. Wenn zwei Hände sich verbinden, kann das ebenso Freude bedeuten wie Schmerz,
Überschwang der Gefühle ebenso wie Mitleid und Auf-
ruhr. Aber unsere Liebe war etwas Allumfassendes.
Wir erfuhren in ihr sowohl Hoffnung als auch Verzweiflung. Denn unsere Liebe war wild und rein
zugleich. Im Heidekraut, in Obstgärten, auf dem abgeernteten Kornfeld. Und auch in Zimmern. Und in
fremden Betten. Wir hatten das Recht dazu, das
schwöre ich. Unsere Liebe ließ uns niemals etwas anderes sagen als: Dany, Irène. Dany hat mir niemals etwas
geschenkt, weder Maiglöckchen noch Parfüm, noch ein
Tuch, noch einen Ring. Danys Geschenke waren eine
Ähre, ein Nagel, ein Blatt. Es kam vor, daß er mir
Früchte schenkte. Aber keine Früchte, die sich verän-
dern oder schlecht werden. Es waren von harten Schalen eingeschlossene, trockene Früchte, deren Aussehen
etwas Endgültiges hat, zum Beispiel eine Erdnuß.

Sie war aus der Straßenbahn ausgestiegen und ging
auf rutschigen, aufgeweichten Vorstadtwegen zu Fuß
zu ihrem Haus. Es hatte geschneit, und der Frost hatte

den angetauten Schnee wieder hart werden lassen. Auf den Wegen war Glatteis, so daß sie langsam gehen mußte. Irgend jemand ging hinter ihr her, ein ziemliches Stück entfernt. Sie hörte den Schritt, ohne ihm besondere Beachtung zu schenken. Ein Blatt, ein Nagel, eine Erdnuß. Sein Haar war blond. Wie sehr sie seine Hände liebte. Im Heidekraut, in Obstgärten, auf abgeernteten Kornfeldern. Inzwischen war es Nacht geworden, die Böschung und die abgeernteten Felder um sie herum waren schwarz und weiß. Sie konnte nur die Zweige erkennen, auf denen Schnee lag. Sie lebte in einer Gegenwart ohne Zukunft, sie trug eine Liebe in sich, für die es kein Morgen gab. Die Welt war leer, sie ging auf einem Weg aus gefrorener Erde und Schnee.

Die Nacht war tief. Es war das Jahr neunzehnhundertvierundvierzig, und alles war vollkommen finster. Die wenigen Häuser, an denen sie vorüberkam, waren schwarz und rot. Der Weg war wie ausgestorben, abgesehen von den Schritten hinter ihr. Die Schritte kommen näher, doch sie schenkt ihnen keine Beachtung. Im Heidekraut, in Obstgärten, auf abgeernteten Kornfeldern. Die Schritte des Mannes sind dicht hinter ihr, des Mannes, der immer näherkommt, fast hinter ihr steht, des Mannes, der sie auf den Kopf schlägt. Der Schlag trifft sie mitten in ihren Liebeserinnerungen. Sie dreht sich zu einem Kerl mit Schiebermütze um, der einen Hammer in der erhobenen Hand hält.

»Nehmen Sie alles, was ich habe«, sagt sie. »Schlagen Sie mich nicht mehr.«

Sie sprach mit belegter, beklommener Stimme. Verstand er überhaupt, was sie sagte? Sie streckte ihm ihre

Handtasche und den Kunstlederkoffer entgegen. Doch
er nahm nichts, er hatte seine rechte Hand noch immer
in der Luft und hielt sie mit der linken am Gürtel ihres
Mantels fest. Sie hat dem Mann genau ins Gesicht gesehen, damit sich der Schwindel löste, den der Schreck in
ihr aufsteigen ließ, damit dieser Schmerz verschwand,
der wie eine Flamme vor ihren Augen tanzte. Da es
dunkel war, konnte sie das Gesicht des Mannes kaum
erkennen, doch es schien ihr, als könnte sie seinen Geruch wahrnehmen. Sie sog seinen Geruch ein, den Geruch dieses Mannes.

»Du hast wirklich Pech«, sagte sie. »Du hast deine
Zeit damit vergeudet, eine Frau zu schlagen, die weder
Pelze noch Schmuck besitzt ... Und außerdem bist du
zu dumm, jemanden zu erschlagen, du bist ein Idiot,
denn stell dir mal vor, ich hätte nach diesem miesen
Schlag angefangen zu schreien, dann wären die Leute
aus ihren dunklen Häusern gekommen und hätten dich
verfolgt. Jetzt sieh dir die Sachen an, nimm dir das, was
dich interessiert, und laß mir den Rest.«

Er ließ ihren Mantel los, seine rechte Hand hielt noch
immer den Hammer.

Mit seiner freien Hand umklammerte er die Handtasche und ihr Köfferchen.

»O nein«, sagte sie. »Du kannst nicht mit allem auf
und davon. Ich habe gesagt, du kannst dir alles ansehen,
und dann teilen wir. Ich habe nicht gesagt, daß du alles
haben kannst.«

»Was plapperst du da?«

»Schrei nicht so ... Man könnte uns hören!«

»Du hast recht ...«

»Setzen wir uns hierhin, auf die Böschung. Hast du zufällig eine elektrische Lampe dabei?«

»Ja.«

»Steck deinen Hammer in die Tasche, ich seh so was nicht gern.«

»Hast du Angst?«

»Nein, aber es hat mir weh getan. Du hast mir weh getan.«

»Tut's dir jetzt immer noch weh?«

»Ich weiß nicht, ist mir auch egal.«

»Ich will dir mal was sagen. Der Schlag ist abgerutscht, weil du gelaufen bist. Deswegen hab ich mies geschlagen. In Wirklichkeit wollte ich viel genauer treffen, oben auf den Kopf.«

»Peng. Mit deinem Eisenhammer. Du spinnst wohl!«

»Hast du immer noch Angst vor meinem Hammer?«

»Nein, zeig mal her.«

»Hier.«

»Der hat ein ganz schönes Gewicht. Da hab ich ja noch mal Glück gehabt.«

»Aber was zum Kuckuck machst du auch mutterseelenallein in der Dunkelheit?«

»Ich bin gelaufen. Ich bin gelaufen und habe nachgedacht.«

»Über was hast du nachgedacht?«

»Über meine Liebe.«

»Darf ich mal? Ich leuchte dich an ... Na, du bist ja tatsächlich eine ganz Hübsche.«

»Gegenwart ohne Zukunft, Liebe ohne morgen, die

Welt ist leer. Wir erreichen weder die Vollkommenheit noch die Ewigkeit.«

»Was sagst du?«

»Nichts. Ich führe Selbstgespräche. Also, was ist, teilen wir meine Habseligkeiten?«

»Na gut. Zeig mal her. Ein Päckchen Zigaretten ...«

»Das ist für dich.«

»Danke. Eine Tube Rouge ... Die kannst du behalten.«

»Nimm das Geld. Es müssen ungefähr hundert Francs sein. Ich habe noch mal fünfzig in einem Briefumschlag. Hier.«

»Danke. Ein Nagel ...«

»Ja, ein Nagel.«

»Ein Nagel von einem Hufeisen?«

»Von einem Hufeisen.«

»Es ist ganz neu, er ist noch nie benutzt worden.«

»Nein, er ist noch nie benutzt worden.«

»Der ist für dich.«

»Ja, der ist für mich.«

»Da.«

»Danke«, sagte sie. »Hör mal. Die Zigaretten gehören ja jetzt dir. Wie wär's, wenn wir eine rauchen?«

»Prima.«

Die Erde um sie herum war schwarz und weiß. Ein angenehmer Winternachtsgeruch stieg aus der schwarzweißen Erde auf. Eine Wiese, eine ausgedehnte erdfarbene nächtliche Wiese fiel sanft vor ihr ab, erstreckte sich ins Unendliche, weil man an ihrem Ende die dunkle Masse der Stadt nicht zu erkennen vermochte, die besetzte Stadt in ihrer Lethargie. Sie wartete darauf, daß

aus dem Herzen der toten Stadt das Geheul der
Alarmsirenen aufstieg und die Angst in Wellen aus der
verdunkelten Stadt aufstieg und über die Felder, über
diese Region, über die ganze Welt brandete. Mit ihr
würde eine Welle von Schimmel aufsteigen, immer höher und höher, sich aufblähen bis sie platzte und sich
schließlich über die Welt ergoß. Und über ihr Herz.
Die Welt ist leer. Der Himmel ist leer. Wir erreichen
weder die Vollkommenheit noch die Ewigkeit. Aber
dennoch ist die Erde schön, schwarz vom Ackerboden,
weiß vom Frost. Wie schön die Erde ist, schwarz und
weiß, überzogen vom Geruch einer Winternacht, der
aus dem Boden, von den Bäumen, aus der Luft aufsteigt.

»Also«, sagte sie, »was hältst du davon, wenn wir uns
die Lebensmittelmarken teilen?«

»Ja«, sagte er, »das interessiert mich. Ach, sieh an . . .
du hast Marken für Milch. Hast du ein Kind?«

»Ja.«

»Bist du verheiratet?«

»Das geht dich nichts an.«

»Und was ist mit dem Kind?«

»Das Kind ist von dem Mann, den ich liebe. Genügt
dir das?«

»Da hast du aber Glück gehabt. Von einem Mann,
den man liebt, ein Kind zu haben, das ist nicht jeder
vergönnt.«

»Nein, das ist nicht jeder vergönnt.«

»Küß mich.«

»Von mir aus.«

»Nein, nicht so. Küß mich richtig.«

»Von mir aus.«

»Sag mal, darf ich dich umarmen?«

»Nein.«

»Nur einfach im Arm halten. Ich werde nichts tun, was du nicht willst. Ich schwöre es.«

»Wozu soll das gut sein. Warum willst du mich in den Arm nehmen?«

»Weil ich dich nicht umgebracht habe.«

Sie war aufgestanden. Er hat sie kurz an sich gepreßt. Er drückte ihr seine Arme in den Rücken. Sie spürte seinen Körper, der lang war, wie eine gerade Ebene, mit zwei Schwellungen in der Mitte, eine starr, die andere lebendig. Das eine war die Spitze des Hammers, den er in seine Tasche gesteckt hatte. »Ich werde gleich ohnmächtig, bestimmt werde ich gleich ohnmächtig.«

»Warte«, sagte sie, »laß mich einen Moment Atem holen. Ich bin nur halb weg.«

»Was hast du? Tut dir der Kopf weh?«

»Ja, aber das ist es nicht. Mir dreht sich alles.«

»Habe ich dich zu fest gedrückt? Liegt es an mir, habe ich etwas falsch gemacht?«

»Was glaubst du denn! Überleg mal: Du gehst die Straße entlang, deine Gedanken kreisen um alles mögliche, und dann zieht man dir plötzlich von hinten eine über, einfach so. Ein Schlag in den Rücken. Peng. Von hinten, das ist eine Gemeinheit.«

Sie fuhr sich mit der Hand über das Gesicht, die Stirn, über den ganzen Kopf.

»Na so was«, sagte sie, »komm mal näher mit deiner Lampe.«

Sie streckte die Hand, die voller Blut war, in den schmalen Lichtkegel der Lampe.

Mit seiner Lampe untersuchte er sie genauer. Ihr Haar war voller Blut, es lief die Haare hinunter, auf ihre Schultern, ihren Mantel.

»Das habe ich gar nicht bemerkt«, sagte sie. »Wie kommt es, daß ich nicht einmal gespürt habe, wie es mir den Nacken hinuntergelaufen ist?«

»Das ist ganz einfach«, sagte er. »Deine Haare haben es aufgefangen.«

»Na, da hast du mich ja schön zugerichtet. Du bist schon ein widerlicher Dreckskerl.«

»Ja«, sagte er.

Er nahm sein Taschentuch und begann, ihre Haare abzuwischen und die Wunde trockenzutupfen. Sie stand aufrecht, alles in ihr drehte sich. Ein Mann trocknete das Blut auf ihren Haaren. Obwohl er sehr vorsichtig war, tat er ihr weh. Er hielt die Lampe auf der Höhe ihrer Gesichter. Sie sah seine grauweiße Haut, die braunen Haarsträhnen, die ihm unter der nach hinten geschobenen Mütze in die Stirn hingen. Sein Gesicht wirkte jung, sehr mager, wie das eines Erzengels oder eines Tölpels, der Gesichtsausdruck konnte beides sein. Auf der anderen Seite der Böschung erstreckten sich die nächtlichen Felder, trafen auf den Horizont, stiegen an, kamen wieder zurück, wie eine Kuppel über ihnen, waren schwarz, oben wie unten: die Erde war weniger schwarz als der Himmel und mit Flecken von Eis übersät. Der Himmel war leer. Sie hatte Schmerzen. An der Wegbiegung erhob sich ein mit Rauhreif bedeckter Baum, er sah aus wie verzaubert.

»Ich muß nach Hause«, sagte sie.

»Ich werde dich noch ein Stückchen begleiten, die Wege sind nicht sicher.«

Er rieb noch immer.

»Das viele Blut«, sagte er. »Was wirst du denn zu Hause erzählen?«

»Ich sage, ich sei ausgerutscht, auf dem Glatteis. Daß ich nach hinten gefallen bin, daß mein Kopf mächtig auf den Gehweg aufgeschlagen ist.«

»Na, das ist dir aber schnell eingefallen. Du bist ja eine schöne Heuchlerin.«

»Ist denn jetzt bei meinen Sachen nichts mehr, was dich interessiert?«

»Nein . . . Hier, nimm deine Zigaretten wieder.«

»Nein, behalte sie.«

»Doch, nimm du sie.«

»Jetzt werden wir aber höflich.«

»Also, wo wohnst du?«

»Ganz in der Nähe, ich kann jetzt gut allein gehen.«

»Mit wem wohnst du zusammen?«

»Mit meinem Bruder, meinem Vater, den vier Brüdern meines Vaters und ihren sechs Söhnen. Wenn mein Bruder dich sehen würde, würde er dich packen und deinen Körper einmal verknoten, so schnell kannst du gar nicht schauen. Hast du den Charlie-Chaplin-Film gesehen, in dem ein Typ eine Straßenlaterne umbiegt? Mein Bruder, das ist genau so einer.«

»Das ist doch nicht wahr?«

»Nein, das ist nicht wahr.«

»Aber wo wohnst du denn nun?«

»Ganz in der Nähe. Du wirst mich ja ins Haus gehen

sehen. Also, bleib jetzt hier und laß mich gehen. Auf
Wiedersehen.«

»Auf Wiedersehen. Wie heißt du?«

»Irène. Und du?«

»Jean.«

»Salut, Jean.«

»Salut, Irène.«

Lautlos ist sie im Haus verschwunden. Sie hat die
Tür zum Schlafzimmer einen Spalt geöffnet. Dan
schlief. Und Maggy, das Mädchen, das auf Dan auf-
paßte, schlief auch. Sachte schloß sie die Tür wieder.
Sie nahm einen Handspiegel, hielt ihn hinter ihren
Kopf und versuchte vor dem Spiegel über dem Kamin
festzustellen, wie schlimm es war. Beim bläulichen
Schein der Lampen konnte sie kaum etwas erkennen.
Sie rieb ein Streichholz an und hielt es neben ihren
Kopf, aber mit dem Handspiegel in der einen und dem
Streichholz in der anderen Hand funktionierte es nicht.
Außerdem stand sie zu weit vom Spiegel entfernt. Und
ihr ganzes Haar klebte zusammen. Man hätte die Stelle
reinigen und klammern müssen. Sie hat einen Arzt angerufen. Er wohnte zu weit entfernt, um zu Fuß zu
kommen, und wegen des Glatteises traute er sich nicht,
den Wagen zu nehmen. Um so besser, sie hatte sowieso
keine Lust, daß man ihr die Wunde klammerte. Sie
legte sich auf den blanken Fußboden, auf den Bauch,
um nicht mit dem Kopf den Boden zu berühren, und
legte ihr Gesicht in ihre Armbeuge. So fühlte sie sich
wohl. Maggy hatte den Fußboden gewischt, und er
roch noch nach feuchtem Holz. Sie lag mit geschlossenen Augen auf ihrem Arm. Ein Nagel. Ein Hufnagel.

Auch in den Zimmern. In Lothringen, meiner Heimat, der Krieg hat mich von dort vertrieben. Aber der Krieg ist überall. In Lothringen gibt es Städte, die mit Gold bedeckt sind. In Lothringen, an die Blumen auf einer Mauer gelehnt, habe ich dir gesagt: Wenn du mich eines Tages nicht mehr liebst, mußt du es mir sagen. Warum hast du wortlos das Bier in deinem Glas geschwenkt? Warum hast du nichts gesagt, als ich dich angefleht habe: »Rede, rede doch!«, und langsam den Verstand verlor. Im Heidekraut, in Obstgärten, auf dem abgeernteten Kornfeld. Mein viel zu verläßliches Gedächtnis hat keine Zukunft mehr. Im Heute eingeschlossen. Es fordert sein Recht, es verzehrt sich. Ich lebe in der Erinnerung an eine namenlose Blume. Oh, mein Liebster, warum hast du mich verlassen. Ich lebe in der Erinnerung an eine verlorene Blume. Ich lebe in meinem verwüsteten Königreich. Und es geht mir gut, in meiner Armbeuge, meine Hände angstvoll zusammengekrampft, während ein endloser Schimmel die Welt überzieht.

Am nächsten Morgen ist der Mann wiedergekommen. Er wartete am Gartenzaun. Sie ist zum Tor gegangen und hat es geöffnet.

»Ich komme nicht rein«, hat er gesagt, »ich wollte nur fragen, wie es dir geht.«

»Es geht mir besser. Es ist nicht besonders schlimm.«

»Ich habe dir eine Flasche Milch mitgebracht und Haferflocken.«

»Danke«, sagte sie, »aber du darfst das nicht weggeben. Mit dem, was du von mir bekommen hast, kannst du sowieso keinen Staat machen.«

»Das ist schon in Ordnung. Ich habe inzwischen gefunden, was ich brauche.«

Er streckte die Hand nach ihr aus, legte sie auf ihre Haare: »Zeig mir deinen Kopf ... Deine Haare sind immer noch ganz rot.«

»Das läßt sich nicht so leicht auswaschen. Willst du eine oder zwei Zigaretten?«

»Ja, gerne.«

Sie ist ins Haus zurückgegangen. Er ist am Zaun stehengeblieben. Sie hat ihm die Zigaretten gebracht.

»Sag mal, du hast mich doch nicht bei der Polizei verpfiffen?«

»Spinnst du jetzt?«

»Entschuldige bitte. Hier, das ist meine Adresse.«

Er streckte ihr ein Stückchen Papier entgegen.

»Was könnte ich für dich tun?« hat er gefragt. »Wenn du mal Hilfe brauchst, schreib mir. Hast du nicht vielleicht Holz zu hacken? Oder so etwas ähnliches?«

»Ich hacke mein Holz gerne selbst. Meine kleinen Freuden möchte ich mir nicht nehmen lassen.«

»Na gut. Ich würde dir aber gerne ein Geschenk machen. Was möchtest du haben?«

»Ich mache mir nicht viel aus Geschenken.«

»Gibt es wirklich nichts, worauf du Lust hast?«

»Nun ... das ist wirklich schwer zu sagen ...«

Der Mann ist gegangen. Sie blieb am Gartenzaun stehen. Es war schon eine merkwürdige Geschichte, dieser Mann, der keine Angst hatte, zurückzukommen. Weder Vollkommenheit noch Ewigkeit. Gutes und Böses. Und inzwischen stieg der Schimmel immer höher, breitete sich Schicht für Schicht über die Erde und über ihr Herz. Wegen Dany. Warum werden wir uns nicht mehr sehen? Warum werden wir uns nicht mehr ver- binden wie zwei Hände, die wir einmal waren. Ich werde es niemals begreifen. »Ich würde dir gerne ein Geschenk machen. Was möchtest du haben?« Ein Ge- schenk ... Ein Geschenk für Irène ... Der Mann war weg, sie konnte jetzt antworten, denn jetzt antwortete sie nicht mehr ihm.

»Eine Jerichorose.«

Die Tage der Louise

Geschmolzener Zucker auf dem Metall der Warmhalte-
platte ist genauso hartnäckig wie Pech, er klebt ordent-
lich fest. Man bekommt ihn nur mit Stahlwolle und
Schmirgelpapier weg. Auf den Lappen gestützt bewegt
Louise ihre Hände hin und her, Louise reibt mit all
ihrer Kraft. Die Haare fallen ihr über die Augen, und
sie schiebt sie mit dem Rücken ihrer geschwärzten
Hand wieder zurück. Sie hält einen Moment inne, um
Luft zu holen, betrachtet sich in einer der Scheiben des
Schrankes; durch den Vorhang, mit dem sie von innen
verkleidet ist, wirkt die Scheibe wie ein Spiegel, in dem
Louise sich hübsch findet. Sie lächelt wie auf Befehl,
öffnet ein wenig den Mund, ja man sieht es: ihr fehlt ein
Zahn, oben links. Wie schade, um ihn zu ersetzen
bräuchte sie fünfzig Francs. Sie fängt wieder an zu rei-
ben. Das Haar fällt ihr wieder über die Augen. Sie ist
klein, ein wenig mager, anmutig.

Sie holt eine Kiste mit Gemüse, beginnt Kartoffeln
zu schälen. Es klingelt an der Haustür im Erdgeschoß.
Louise öffnet das Fenster, beugt sich hinaus: »Odette,
ich werfe dir den Schlüssel runter.« Sie geht ins Trep-
penhaus und hört, wie Odette heraufkommt.

»Bist du in der Schule brav gewesen?«

Sie streicht ihr das Haar glatt, rückt den Knoten ihres Haarbandes genau über den Scheitel.

Louise macht sich wieder ans Kartoffelschälen. Odette sammelt die Schalen ein, schneidet sie in winzige Schnipsel und macht daraus kleine ordentliche Häufchen.

»Mama, gibt's heute Pommes frites?«

»Es gibt das, was Madame verlangt.«

»Ich sage ihr, daß ich gern Pommes frites mag, dann wird sie bestimmt ...«

»Das darfst du nicht, Odette, ich verbiete dir, das zu sagen.«

Odette hat eine Tasse genommen, stopft die Kartoffelschalen hinein, trägt sie zum Spülbecken, und dreht den Wasserhahn auf. Das Wasser spritzt aus der Tasse, tropft auf die Tapete, den Tisch, alles.

Odette sagt noch einmal: »Doch, ich sage es ihr. Und sie wird von dir verlangen, daß du Pommes frites machst.«

Louise dreht sich um und gibt Odette ohne Vorwarnung eine Ohrfeige.

»Ich verbiete dir, das zu sagen. Außerdem machst du alles schmutzig. Seit du hier bist, hältst du mich vom Arbeiten ab.«

Odette war auf diese Ohrfeige nicht gefaßt gewesen, sie hebt den Arm, um ihr Gesicht zu schützen. Louise ergreift ihr Handgelenk, schüttelt sie und gibt ihr noch eine Ohrfeige. Genau in diesem Moment öffnet Madame die Tür.

»Komm mit, Odette. Du kannst bei mir ein paar Bilder anschauen. Hier bist du deiner Mutter nur im Weg.«

Madame sagt dies mit ihrer ruhigen Stimme, leise, wie sie gekommen ist, geht sie mit Odette hinaus.

Louise hat sich wieder an die Arbeit gemacht. Sie denkt an Madame. Madame ist sanft; sie spricht wenig, und dem, was sie sagt, gibt es nichts hinzuzufügen.

Jetzt muß sie das Gemüse waschen. Das ist keine unangenehme Tätigkeit, man hat seine Hände im kühlen Wasser, und das Spülbecken ist neben dem Fenster, so daß man beim Arbeiten auf die Straße hinausschauen kann. Das Wetter ist schön, die Sonne scheint, Louise würde gerne spazierengehen. Sie wird es heute abend tun, wenn sie mit ihrer Arbeit fertig ist und die Kleine im Bett liegt. Sie wird nach Lust und Laune auf der Straße herumspazieren; sie wird in ein Café gehen, für fünfundsiebzig Centimes kann sie etwas trinken; sie wird sogar einen Franc fünfundzwanzig ausgeben und sich an einen Tisch setzen. Das gefällt ihr, dort ist etwas los, manchmal sind dort auch Männer, die sich mit ihr unterhalten; manche sind sehr nett zu ihr. Wenn Louise weiß, daß sie am Abend ausgehen kann, denkt sie den ganzen Tag daran. Es ist nicht nur ihr einziges Vergnügen, es ist ein Hafen, eine Erleichterung: in diesen Augenblicken ist sie von Menschen umgeben.

Es ist Oktober, die Abende sind kühl, in ihrem Baumwollkleid wird sie lächerlich aussehen. Sie bräuchte eigentlich einen leichten Mantel, einen aus blauem Tuch zum Beispiel, mit einem runden Kragen. Er müßte von oben bis unten zugeknöpft sein und würde ihr abgetragenes Kleid verdecken. Mit einem runden Kragen aus Tuch, darüber könnte man einen zweiten Kragen aus weißem Rips befestigen. Sie würde sich die Lippen rot schminken, das Haar schön frisieren und würde hübsch aussehen, in dem blauen Mantel. Ein Mann würde sich zu ihr an den Tisch setzen. Zum Beispiel: Bob. Sie hätte den blauen Mantel an und würde Bob treffen. Aber wie sie so überlegt, sind schon zehn Minuten vergangen, und sie hat die Hände noch immer im Wasser, unbeweglich auf dem Gemüse. Ihre Hände sind ganz kalt und inzwischen schön sauber. Das Wasser hat sie glatt gemacht; ein wenig rot, aber das wird vergehen. Sie sehen jetzt sogar noch besser aus als nach dem Wäschewaschen, wodurch sie auch sehr sauber, aber ganz schrumpelig werden. Louise beeilt sich, schneidet das Gemüse, wirft es in den Kochtopf.

Madame kommt wieder herein, sie trägt Handschuhe, ist fertig zum Ausgehen. Während sie Louise einige Anweisungen für das Mittagessen gibt, steht Odette ganz dicht neben ihr, drängt sich an sie, faßt Madames Mantel an, mit ihren schmutzigen Kinderhänden.

Louise sagt: »Du wirst Madame schmutzig machen.«

Madame sagt weder ja noch nein, doch während sie weiterspricht, legt sie ihren Arm um Odette und drückt sie an sich. Louise traut sich nichts mehr zu sagen. Sobald Madame gegangen ist, sagt Odette: »Siehst du, ich habe nichts über die Pommes frites gesagt.«

Sie tut etwas geziert, winkelt ein Bein nach hinten ab, hält ihren Fuß mit beiden Händen hinter ihrem Rücken fest und hüpft auf dem anderen Fuß. Das schwächliche, schmuddelige Kind hebt sein schmales Gesichtchen zur

Mutter empor, ein spitzes Gesicht, in dem man, sehr viel blasser, die feinen Gesichtszüge von Louise wiederfindet. Sie haben beide die gleichen großen schwarzen Augen, die beinahe fiebrig glühen.

Louise geht auf das Mädchen zu, umarmt es allzu heftig: »Nun geh . . . Schau dir ein wenig die Bilder an.«

Louise geht zum Spülbecken zurück; durch das Fenster sieht sie Madame die Straße entlanggehen. Madame hat sich hübsch gemacht; sie hat ihren dreiviertellangen Mantel angezogen. Es ist ein blauer Mantel mit rundem Kragen. Madame hat einen aufrechten und anmutigen Gang. Man erkennt sie jetzt nicht mehr so gut, sie verschwimmt, noch einmal sieht man sie, dann ist sie verschwunden. Louise ist ihr gedankenverloren, hingebungsvoll mit den Augen gefolgt. Jetzt ist ihr Blick noch immer auf die Straße geheftet, sie sieht dort eine ganze Serie von Bildern der verschwundenen Madame. Madame, die am Morgen, wenn Louise kommt, mit der ihr eigenen sanften Stimme sagt: »Guten Tag, Louise, geht es Ihnen gut?« Madame, die niemals sagt, eine Arbeit sei schlecht ausgeführt, sondern nur mit lächelnder Miene die Brauen hebt und mit dem Finger auf eine lange Staubspur zeigt, die noch unter dem Tisch zu sehen ist. Dann kann man nichts anderes tun, als den Besen zu holen und von vorne anzufangen; jedes Wort, jede Entschuldigung wäre in diesem Moment unsinnig: Die Staubspur erscheint Louise als etwas Anormales, das der Welt aufgepfropft wurde und dort nicht bleiben kann, weil das Ungewohnte bestraft werden muß. Madame, die nach Hause kommt und merkwürdig atemlos fragt: »Hat niemand für mich angerufen?« Oder Madame betrachtet Louises Hände mit einem Blick, der noch merkwürdiger ist als ihre merkwürdige Stimme, und sagt: »Kein Brief?« Angesichts der leeren Hände, nach der verneinenden Antwort, verändert sich ihre Miene. Man kann nicht sagen, daß sie traurig oder enttäuscht wäre. Wörter wie *traurig* oder *glücklich* treffen auf die Mienen von Madame niemals zu. Man kann nur sagen: sie hat diesen Moment dieses oder einen anderen jenes Gesicht. Diese Miene nennt Louise »die Telefon- und Briefmiene«. Aber welcher Anruf, welcher Brief, da ja nie irgend etwas kommt? Nach der Miene zu schließen, die Madame macht, könnte man meinen, Madame warte auf Nachricht von einem verlorenen Kind. Ach, man weiß nicht viel über die anderen, aber von Madame weiß man überhaupt nichts. Oder auch Madame, die eines Tages neben Louise ihre Wäsche auf dem Küchentisch bügelte. Louise hob die Augen, sah sie an, sagte: »Man sieht es schon Ihrem Gesicht an, wie intelligent Sie sind ...« Madame hatte gelacht, ganz offen, als sie die Bewunderung in Louises Gesicht sah. Sie hatte ein Band in den Händen, ein feuchtes Band; während sie es über der Tischkante auseinanderzog, um es zu glätten, hatte sie, mit ernster Meine, als spräche sie zu sich selbst, gesagt: »Die Intelligenz, das ist eine Sache; und das ist eine andere.« Das? Was? Louise versteht nicht. Aber da es an Madame so vieles gibt, das Louise nicht versteht, steht dieses *Das* für alles Unverständliche zusammen. Madame ist intelligent, und außerdem ist sie *Das*.

Da ist noch Madames Schönheit, diese Schönheit von vorhin, als sie die Küchentür öffnete, als sie die

Straße entlangging. Bei den anderen kann man sagen, woher die Schönheit kommt: von ihren großen Augen, von ihrem schön gezeichneten Mund, von ihrem gewellten Haar. Madame hat schöne Augen, einen schönen Mund, schönes Haar. Aber nicht deswegen ist sie schön. Weswegen dann? Wegen des *Das*? Ach, das ist zu schwierig, es ist, als drehte man sich immer im Kreis. Louise will sich wieder ihrer Arbeit zuwenden, sie kehrt dem Fenster den Rücken, wendet sich jedoch gleich wieder um, bleibt noch einen Moment, um auf die Straße zu sehen. Wegen dieser Schönheit, die man nicht erklären kann, und wegen dem, was Madame sagte, als sie die Bänder bügelte, und weil man nichts von ihr weiß. Louise sucht nach einem Vergleich, findet ihn hübsch, überdenkt ihn einige Male, spricht ihn laut aus: »Madame ist schön wie ein Geheimnis.«

Ein wenig erleichtert geht sie vom Fenster weg, füllt einen Eimer mit heißem Wasser und macht sich an die Arbeit.

Madame ist zurückgekehrt. Und es ging ganz schnell, Louise ist darüber noch immer verblüfft. Sie hat Madames Mantel bewundert, sie hat gefragt: »Ist er teuer?« Madame hat gelacht, Louise hat sich für ihre Frage entschuldigt, hat erklärt, daß sie auch gerne einen ähnlichen Mantel gehabt hätte.

»Nun, Louise, ich leihe ihn Ihnen für heute abend.«

Sie hat widersprochen, sie weiß nicht mehr, mit welchen Worten, Madame hat wieder gelacht, hat ihr den Mantel angezogen: »Sie sind kleiner als ich, bei Ihnen ist es kein Dreiviertelmantel, sondern ein richtig langer Mantel, das ist alles. Er steht Ihnen sehr gut.«

Sie weiß, daß sie gesagt hat: »Madame, Sie sind nicht wie die anderen ... Daß Sie mir Ihren Mantel leihen, mir, das ist nicht normal ...«

»Ich brauche ihn heute abend nicht, und Sie wollen ihn so gerne haben. Es wäre unnormal, ihn Ihnen nicht zu leihen.«

Und wie immer fiel Louise nichts ein, was sie darauf hätte antworten können.

Jetzt steht sie da, mit dem Mantel über dem Arm, bereit, nach Hause zu gehen. Odette fragt: »Nimmst du Madames Mantel mit?«

Das Seltsame dieser Geste wird ihr noch einmal bewußt. Sie zieht das Mädchen mit sich fort, antwortet: »Ja, ich muß eine Naht ausbessern.«

Sie haben Seite an Seite zu Abend gegessen. Sie haben ihr Brot, ihren Schinken gegessen; sie haben ihr Glas Rotwein getrunken. Odette hat beim Essen den Kopf an den Arm ihrer Mutter gelehnt.

»Willst du etwas von meiner Orange, Mama?«

»Nein.«

»Doch.«

»Nur einen Schnitz.«

Louise hat den Tisch abgeräumt, sie hat Odette ausgezogen, hat sie ins Bett gelegt, hat ein wenig gewartet. Das Mädchen ist eingeschlafen.

Louise geht auf Zehenspitzen durch das Zimmer. Vor dem Waschbecken kämmt sie ihr hübsches braunes Haar, sie rollt die Locken über ihre Finger, steckt einige Locken auf, wie es jetzt Mode ist. Sie hat kein Rouge für die Wangen, aber sie besitzt eine Tube Lippenpomade;

sie verreibt ein wenig davon zwischen den Fingern und streicht es sich geschickt auf die Wangen. Nachdem sie frisiert, geschminkt, gepudert ist, zieht sie den blauen Mantel an. Es gibt kleine Dinge im Leben, die einen Moment lang ebensoviel Freude bereiten wie große Wunder.

Im Spiegel über dem Waschbecken kann Louise sich nicht ganz sehen. Sie steigt auf einen Stuhl, sieht sich jetzt von der Hüfte bis zu den Knöcheln; der Saum des Mantels wellt sich ein wenig, fällt sehr hübsch bis zu den Knien. Sie verläßt das Zimmer; ohne das leiseste Geräusch dreht sie den Schlüssel im Schloß.

Die Stadt ist hell erleuchtet, Louise schreitet glücklich aus. Sie bleibt vor einem Café stehen, betritt es nicht, bleibt vor einem anderen stehen, geht weiter. An diesem lichterhellen Abend sucht sie, doch sie weiß nicht, was.

Sie geht in ein Viertel, das sie kennt, betritt die Bar, in die sie sonst auch immer geht. Sie bleibt am Tresen stehen und bestellt einen Kaffee. Es gibt dort einen ulkig ausstaffierten Mann, der von Bar zu Bar zieht. Er trägt ein Instrument mit sich herum, das aus einem Holzstecken und einer Sardinenbüchse gemacht ist und tut so, als spielte er Geige. Mit den Lippen ahmt er den Klang nach. Er trägt einen winzigen Hut aus grüner Seide, der mit einem dünnen Gummi an einen in seiner Tasche verborgenen Ballon befestigt ist. Wenn der Mann auf den Ballon drückt, macht der Hut einen lustigen Hüpfer. Im allgemeinen Lachen klingt auch Louises Lachen mit.

Der Clown ist fort, die Heiterkeit ist geblieben.

Louise setzt sich an einen Tisch und bestellt ein Glas Cidre. Sie trinkt in kleinen Schlucken und beobachtet die hinausgehenden Leute. Hinter dem Tresen ruft der Kellner ihr zu: »Sie sind heute abend aber schick.« Sie muß lächeln, und dieses Lächeln erlischt langsam wieder. Sie trinkt noch ein wenig Cidre. Die Minuten vergehen, immer langsamer. Die Zeit wiegt immer schwerer. Es muß angenehm sein zu warten, wenn man weiß, daß jemand kommen wird. Louise neigt den Kopf, träumt ein wenig. Sie fühlt sich sehr hübsch und sehr allein. Aus dem Mantel steigt ein zarter Geruch. Vielleicht von einem Parfüm, aber auch von einem Körper. So als wäre der Stoff noch warm von dem Fleisch, das ihn gerade erst verlassen hat. An der Stelle, wo jetzt ihr Herz schlägt, hat ein anderes Herz geschlagen. Ach doch, sie kann sagen, was sie will, sie ist gut ... Keine andere hätte ihr eines ihrer eigenen Kleidungsstücke geliehen. Sie ist so gut, sie ist so schön. Louise findet nur diese beiden Adjektive, doch sie weiß, daß es eigentlich anderer Wörter bedürfte. Sie schließt die Augen, sie findet ihr Bild wieder. Ihr scheint, als könne sie sie auf diese Weise besser erfassen. Sie drückt sie nicht aus, sie denkt sie. Sie sieht sie mit all ihren Eigenheiten: ihrem langen nachdenklichen Gesicht, ihrer fast etwas zu hohen Stirn, ihrem Lächeln, ihren feinen Händen, an denen sich die Ringe bewegen, ihren schönen, ein wenig müden Augen, deren Blick alle Gesten durchdringt. Ach, wenn diese Minuten doch nur ein Warten auf sie wären. Ihre Freundin zu sein, oder vielleicht ihre Schwester, das wäre das größte Glück ihres Lebens. Wenn sie in die Bar käme, sich an den Tisch setzte. »Warum bist du traurig,

Louise? – Ich wäre nicht so traurig, wenn Bob mich ein wenig liebhätte. – Du mußt nicht traurig sein, Louise, ich habe dich lieb.« Sie würden zusammen das Lokal verlassen, miteinander reden, einander alles anvertrauen.

Doch so ist es nicht. Louise ist allein. Sie hat eine Tochter; ein Kind kann vielleicht durch seine Gegenwart Wärme geben, ein Lebensinhalt sein, aber es ist keine Erleichterung, keine Hilfe, es ist vielmehr eine süße Last.

Louise hat die Bar verlassen. Mit schnellem Schritt geht sie zu den Markthallen, Bob hält sich meistens dort auf. Heute wagt sie es, ihn zu suchen, sie ist hübsch, viel zu hübsch, als daß er sie abweisen könnte . . .

Sie geht in ein Café, ein zweites, ein drittes. Immer geht sie gleich wieder hinaus; Bob ist nicht da, und niemand hat ihn heute abend gesehen. Hier kann man ihr endlich Auskunft geben: er ist gerade mit dem Chef weggegangen, er wird später wiederkommen. Sie setzt sich an einen Tisch, sie wartet.

Und als Bob wiederkommt, bewegt sie sich nicht, sie gibt ihm kein Zeichen.

Er ist mit einigen Bekannten am Tresen stehengeblieben. Sie hat einen Zettel und einen Bleistift aus ihrer Tasche geholt; sie hat angefangen, Zahlen zu schreiben, so als sei sie in eine wichtige Rechnung vertieft. Statt willkürlich Zahlen aufs Papier zu kritzeln, möchte Louise lieber schreiben: »Bob« oder: »Ich liebe dich«. Sie traut sich nicht, sie fürchtet, er könnte plötzlich an ihren Tisch kommen. Sie schreibt weiter Zahlen, die

ihr der Zufall eingibt. Und der Bleistift zeichnet ein M,
so als bewegte er sich aus eigener Kraft, ein ganz kleines
M in die Ecke des Blatts; er fährt den Buchstaben mehr-
mals nach und drückt dabei fest auf; er verziert ihn mit
Blümchen, umgibt ihn mit kleinen Zeichen, die Sterne
sein könnten oder vielleicht Blumen; sie haben mit dem
einen nicht mehr Ähnlichkeit als mit dem anderen; mit
parallelen, kreuz und quer liegenden Strichen verdeckt
er die Ecke des Blattes und macht es zu einem geheim-
nisvollen Liebeszeichen.

Louise wartet. Und jetzt lastet die Zeit nicht mehr
auf ihr. Sie darf sich noch weiter ausdehnen, denn am
Ende all dieser Minuten erwarten sie vielleicht Freude
und Zärtlichkeit.

Bob hat sich umgedreht, hat Louise angesehen: »Na,
schreibst du deinem Liebsten? Ist er blond oder dunkel?«

Sie grüßt ihn zurückhaltend und sagt: »Nein, ich
rechne nur etwas zusammen.«

Er nimmt sein Glas, stellt es auf den Tisch, setzt sich
Louise gegenüber. Er pfeift bewundernd: »Schick gemacht ... alle Achtung ... Du bist ja richtig hübsch
heute abend ...«

Sie fragt neckisch: »Wirklich?«

»Na, wenn ich's dir sage.«

Die anderen Männer haben ausgetrunken und sind gegangen. Bob hat sie gehen lassen, er ist bei Louise geblieben. Sie verbirgt ihre Freude, sie hält sie mit aller
Kraft zurück. Er fragt: »Gehen wir Zwiebelsuppe essen?«

Sie scheint ein wenig zu überlegen und antwortet:
»Na gut, wenn du willst.«

In dem Bistro, in das sie gehen, schickt man sie ins
obere Stockwerk: »Das ist ja richtig vornehm ...«, sagt
Bob lachend.

Der Raum im ersten Stock, zu dem die Treppe hin-
aufführt, ist sehr klein. Dort stehen drei Holztische, die
mit Papiertischdecken bedeckt sind. Louise nimmt den
Platz am Fenster. Bevor Bob sich hinsetzt, macht er
eine galante Miene und sagt im Spaß: »Erlaobän Sie,
Madahm?«

Louise muß ein wenig lachen. Jetzt verbirgt sie ihre
Freude nicht mehr; sie läßt ihr ganzes Glück von ihrem
Gesicht Besitz ergreifen, von ihrer Stimme, von ihren
Augen, die Bob zärtlich betrachten. Er hat seine Ar-
beitsjacke an, seine Haare sind ungekämmt, er ist unra-
siert, aber diese Nachlässigkeit steht ihm gut. Er ist
jung, stark, hat schöne Haut und eine gute Figur, er
kann sich alles erlauben. Die Suppe ist heiß und
schmeckt gut. Sie essen gutgelaunt.

Ein Hund zeigt sich auf dem Treppenabsatz, bleibt
unschlüssig stehen, geht wieder nach unten. Louise
denkt, daß er wohl das kleine Häufchen dort unter dem
Stuhl hinterlassen hat. Bob kann es von seinem Platz
aus nicht sehen. Sie fängt an zu lachen, traut sich nicht,
Bob zu sagen, warum sie lacht. Als sie daran denkt, daß
der Grund für ihr Lachen ein kleines Hundehäufchen
ist, muß sie noch mehr lachen. Sie lachen beide, immer
mehr, ermahnen sich gegenseitig aufzuhören und müssen dann erst recht lachen. Bob sagt schließlich: »Uff,
das macht Durst ...«

Er bestellt eine Flasche Rotwein. Wenn sie so weiter-
machen, würde es bestimmt nicht unter zehn Francs
abgehen. Bei dieser Vorstellung fangen sie von neuem
an zu lachen. Bob wird davon ganz warm, er zieht seine
Jacke aus; er trägt ein kurzärmeliges dunkelblaues
Hemd; der umgelegte Kragen ist zugeknöpft, er trägt
keine Krawatte; vorne am Hemd fehlt ein Knopf.
Louise hat ihren Mantel nicht ausgezogen; sie hat vorsichtig gegessen und die offene Hand vor ihre Brust gehalten, statt einer Serviette.

Bob hat die Suppe und den Wein bezahlt. Unten, am
Straßenverkauf des Bistros, hat Louise eine Tüte Pommes frites gekauft. Sie gehen langsam Seite an Seite
weiter und essen. Ach, draußen ist es schön und mild.
Louise scheint es, als sei es noch viel schöner und milder
als vorhin.

Alle Pommes frites sind aufgegessen. Bob hat seinen
Arm um Louises Taille gelegt. Bob hat Louise in einen
Türeingang geschoben, sie steht auf der ersten Treppen-
stufe, und deshalb sind ihre Augen fast auf der Höhe von
Bobs Augen. Er küßt sie behutsam, dann sieht er sie an.
Sie sagt: »Liebster ...« Sie hat mit ganz zärtlicher,
schmelzender Stimme gesprochen. Nach diesem Wort
bleibt ihr Mund leicht geöffnet, Bob küßt sie wieder.

Er zieht sie mit sich, indem er sie um die Hüften faßt
und ein wenig hochhebt.

Schwerer Schlummer einer erschöpften Frau, die nicht
vom ersten Licht des Tages geweckt wurde. Um Louise
aus dieser Benommenheit zu reißen, bedurfte es der lau-
ten Morgengeräusche, des Klapperns der leeren Müll-

eimer, die auf den Gehsteig zurückgeschleudert werden, des Hupens der ersten Autobusse.

Louise zog die Laken bis zu den Schultern hoch,
blieb reglos liegen, von einer seltsamen Traurigkeit erfüllt. Heute abend wird Bob nicht kommen, viele Tage
werden vergehen, bis er wiederkommt, vielleicht ein
ganzer Monat. Daß er einfach so weggegangen ist, so
plötzlich, ohne ein Wort, mitten auf der Straße, ohne
einen Kuß, ohne ein Wort zu sagen ... Ach, all das, all
das ... Sie könnte es nicht beweisen, doch sie fühlt genau, daß all das die Beweise dafür sind, daß Bob sie
nicht liebt. Aber wußte sie denn nicht schon, daß Bob
sie nicht liebte? Und? Unter den Laken zuckt Louise
mit den Schultern, eine Geste der Gleichgültigkeit; und
sie dreht sich um, das Gesicht auf dem Kopfkissen, ver-
nichtet. Warum bist du nicht meine Freundin, warum
sagst du mir nicht, woher die Leere in mir und um mich
kommt? Und was soll ich tun? Du weißt es, du schon.
»Sei nicht traurig, Louise, ich hab dich lieb. Gib mir
einen Kuß, Louise, gib mir einen Kuß ... Willst du, daß
wir ins Kino gehen?« Und dann würden sie sich beide
zusammen alles mögliche ansehen. Was denn? Ach, es
spielt keine Rolle ...

Hinter Louises geschlossenen Lidern erscheint die
hohe nachdenkliche Stirn einer Frau, eine andere einfache, eigensinnige Stirn; sie legen sich übereinander,
verschmelzen. Was soll es. Gib mir einen Kuß, eines
der beiden Gesichter, egal welches.

»Odette, steh auf, schnell, du kommst zu spät in die
Schule.«

Sie bringt das Kind zur Schule. Sie begibt sich zu

ihrer Arbeitsstelle, bei Madame. Und der Tag beginnt.
Louise putzt, wäscht, bohnert das Parkett, schält das
Gemüse. Sie bleibt heute länger, weil gebügelt werden
muß. Es ist vier Uhr. Madame sagt: »Ich habe Hunger,
und was ist mit Ihnen, Louise?«

Sie schiebt die Bügeldecke zur Seite, macht ein wenig
Platz auf dem Tisch und sagt: »Decken Sie doch den
Tisch hier in der Küche. Ich werde mit Ihnen Kaffee
trinken.«

Louise gehorcht, glücklich.

Sie sitzen einander gegenüber; Madame nimmt sich
Marmelade.

»Und Sie Louise, nehmen Sie keine?«

»Nein danke, so ist es mir lieber.«

Madame streicht die Butter auf das Brot, die Marmelade und ißt mit ihren langen schlanken Händen. Louise
taucht ihr Brot in die Kaffeetasse, ißt langsam mit aus-
druckslosem Gesicht.

Es ist noch nicht spät. Dennoch ist das Licht, das
durch die Fenster dringt, schon nicht mehr sehr hell.
Der Sommer stirbt allmählich. Morgen ist Herbst, eine
lange Folge von Tagen, und das ganze Leben vor ihr.
Ein ganz gewöhnliches Leben, langsam, alltäglich und
ohne Hoffnung. Ihr Leben wird so weitergehen, wie es
war. Aber noch dauert dieser Moment an, in dem
Louise sich wohl fühlt, so, mit Madame. Dieser Moment, der vielleicht erst endet, wenn Madame etwas
sagt.

Clara

Ihr Haar lag in zwei umeinandergewundenen Zöpfen auf ihrem gesenkten Kopf, ihre blassen Hände im Schoß ihres Kleides; und überhaupt war sie viel leichter geworden, durchsichtig. Blond, zart, so leicht, der Schwere der Welt enthoben und von Stille eingehüllt. Und wenn die Straßenbahn vorüberfährt oder ein schwerer Lastwagen, dann weiß sie es nur wegen der kaum wahrnehmbaren Vibrationen, wegen des schwachen Bebens der Dielen unter ihren Füßen. Eingehüllt von Stille. Ihre gesenkten Lider isolieren sie von Formen und Farben. Sie ist schon in die Unendlichkeit des Universums hinübergewechselt, nicht mehr weit von der Glückseligkeit entfernt. So sehe ich sie vor mir. Das ist meine Lénie. An diesem Punkt der Vergangenheit rufe ich mir immer in Erinnerung, was sie zu mir sagte, und ihre Worte überstrahlen die beiden Tage, die ihren Tod besiegelten. Sie waren wie eine Brücke über das glatte Eis dieser Endgültigkeit und ermöglichten, daß sich unsere Blicke dennoch begegneten und wir stumme Zwiesprache halten konnten.

»Wir gehen nicht mehr weiter. Was ist mit Ihnen, Clara? Gehen Sie mit uns zurück?«

»Nein, ich begleite sie bis zum Ende.«

Ihre Stimmen, ihr Flüstern nie mehr zu hören. Weg mit den dunklen Tüchern, bedecken wir sie mit all diesen Blumen. Befreien wir sie von Schwermut und Tränen und geben ihr ihren Platz im Himmel und auf der Erde zurück.

Langsam folgen meine Schritte denen der anderen, die sie begleiten. Meine Lénie, mit den umeinandergewundenen Zöpfen auf ihrem Kopf, den blassen Händen im Schoß ihres Kleides, ist schon in die Unendlichkeit des Universums hinübergewechselt, nicht mehr weit von der Glückseligkeit.

Und zum zweiten Mal. Wie schon einmal, als das verweigerte Leben aus ihren geöffneten Handgelenken floß. Man wischte das Blut um sie herum auf, man wusch es aus ihrem Kleid. Man hinderte die unheilvolle Quelle am Versiegen. Wie sehr das Blut sie schreckt. Haben sie geglaubt, das Schauspiel ihres zurückgewiesenen Lebens würde sie vom Tode ablenken? Dieses Mal hat sie einen sicheren Tod gewählt. Diesmal ruft sie ihn nicht, läßt ihm nicht die Zeit, sich langsam einzuschleichen, so daß irgend jemand noch eingreifen könnte. Sie stürzt sich auf ihn, wirft sich ihm mitten ins Herz, so wie ein Vogel, der aus einem hochgelegenen Stockwerk in den Himmel schnellt, wie eine Blume, die man dem vorüberreitenden Sieger aus einem Fenster zuwirft.

Eine Frau kam ins Zimmer. Lénie sah, wie sich ihre Lippen bewegten. Die Frau sagte etwas, aber Lénie antwortete nicht. Die Frau beugte sich zu ihr herunter, stieß Laute aus, sprach Wörter in Lénies Ohr. Oh, wie

mich diese Laute, diese Wörter schmerzen, warum zerreißt ihr mich so. »Nein«, sagte Lénie. Die Frau lächelte. Sie fragte, ob Lénie nicht fror, ob sie nicht essen
oder trinken wolle, und die Antwort paßte sich der
Frage an. Die Frau ist gegangen. Lénie betrachtete das
Zimmer, in dem nichts und niemand mehr anwesend
war, heftete ihren Blick auf das hohe, klare Fenster, das
einzige, das Bedeutung hatte. Die Dunkelheit lag noch
vor den Scheiben. Keine Nacht. Es ging dem Morgen,
dem Licht entgegen, wie einer Hoffnung. Hoch, klar,
das einzige, das Bedeutung hatte. Und Lénie senkte die
Lider. Die Tür wurde geöffnet, sie spürte den kalten
Luftzug auf ihren Beinen und Armen. Wer stört mich
jetzt wieder? Sie wandte den Kopf, öffnete die Augen.
Im Türspalt stand das Kind, sauber, in seinem geblüm-
ten Schlafanzug. Es bewegte die Lippen. »Komm doch
herein«, sagte Lénie. Die Lippen des Kindes bewegten
sich. Es wartete darauf, daß Lénies Hand sich auf das
ominöse Metallkästchen auf dem Tisch zubewegte und
daß sie ihm den hornförmigen Gegenstand entnahm,
um ihn an eine Seite ihres Gesichts zu halten. Das Kind
wartete, daß diese große schwarze Muschel ihm half,
von seiner Mutter gehört zu werden. Lénies Hand blieb
bewegungslos liegen. »Geh, nun geh schon«, sagte Lénie. Wieder allein, die Hände im Schoß ihres Kleides,
fühlte sie sich leicht, befreit.

Wie sehr mein Tod dich quält ... Nein, ich habe
meine Hand nicht bewegt. Ich habe diese merkwürdige
schwarze Muschel nicht an mein Ohr gehalten. In dieser unendlichen Weite gibt es keine Wellen und keine
Meeresfauna. Keine Muschelschale trägt ein Echo wei-

ter. Kein Perlmutt kann ihre Geräusche wiedergeben. Was hätte mein Kind bloß mit den Gesten einer Sterbenden anfangen sollen?

Ich wußte es, Clara, wenn über dich gesprochen wurde.

Dein Name mit seinen kurzen Silben drang zu mir durch. Du hast mich geliebt. Im Augenblick zerreißt du mich wie ein Schrei. Nicht wie ein Wort. (Die Frau kam herein: »Haben Sie keinen Hunger, haben Sie keinen Durst.« »Nein«, sagte Lénie.) Dein Name zerreißt mich wie ein Schrei. Vor nicht allzu langer Zeit haben wir uns getroffen: ich saß zwischen hübschen, glücklichen Frauen und Männern, die sich unterhielten. Manchmal redete jemand, der mir gegenübersaß und mich ansah, mit dir. Dein Name zerreißt mich wie ein Schrei. Ich habe die schwarze Muschel an mein Ohr gehalten. Der Blick, mit dem du mich dann ansahst, hat mich zerrissen. Dann habe ich den merkwürdigen Gegenstand wieder in die Schatulle zurückgelegt. Du hast mich angelächelt, Clara, und ich habe dein Lächeln erwidert. Du kanntest den Preis meines Schweigens ... Du wußtest, daß ich, eingehüllt in Lautlosigkeit, in unbekannten Geräuschen herumstreifen konnte, als wäre ich auf der Suche nach einem versteckten Schatz, aufmerksam auf alle Zeichen eines Ortes achtend. So wirst du also nicht glauben, daß ich wegen meiner Stille sterbe, sondern dank ihrer. Und mein Tod quält dich immer noch ... Ein andermal hast du in meinem Beisein ein Feuer angezündet. Du nahmst die Holzscheite, und deine Hände verweilten länger als nötig auf der Maserung des Holzes, als enthielte sie entzifferbare

Zeichen, deine Hände verweilten auf den Erdresten, auf Moosflechten, die noch an der Rinde klebten. Etwas Weißes, Flockiges hat sich gelöst und ist in deine Hand gefallen. Es war durchsichtig, so daß man die winzigen weißlichen Kügelchen darin sah. Wir sagten nichts. Du hast die weiße Flocke wieder auf das Moos gesetzt, ich habe den Holzscheit auf das Möbelstück hinter mir gelegt. Eine winzige Parzelle des Waldes war uns bis hierher gefolgt. Unsere Gedanken versuchten das Geheimnis zu ergründen. Unsere Hände hatten an dem Wunder teil. Wir verharrten stumm, bis das Schweigen zerrissen wurde. Jemand ist hereingekommen, wir haben uns unterhalten und artig unseren Tee getrunken. Wie ruhig lebt man doch mit der Angst, mit einem Geheimnis, mit einem Wunder. Ich habe keine Lust mehr, diese Artigkeiten zu ertragen. Ich will nicht mehr auf ein Wort, auf ein Symbol bauen. Und hier gibt es nichts anderes als Symbole oder Worte. Ich brauche meine eigene Wahrheit, Clara. Ich will in den großen Abgrund der unendlichen Wahrheit eintauchen, in dem alles reiner Anfang ist. Ich möchte wieder mit dem Geschehen verbunden sein, das sich bis in alle Ewigkeit erfüllt. Von jeder anderen Leidenschaft befreit. Nichts als der Tod selbst treibt mich in den Tod. Ich rufe ihn nicht so, wie man um Hilfe ruft. Ich werfe mich mitten in ihn hinein, ich werfe mich hinein ... Ich bin frei, und ich wähle ihn aus freien Stücken. Wirst du mir jetzt sagen, das sei keine Wahl, sondern eine Verweigerung? Clara, kann denn eine Wahl jemals etwas anderes sein als eine Verweigerung ... Ich brauche meine eigene Wahrheit, ich brauche meinen Tod als etwas Ewiges ...

»Sie war taub. Anscheinend ist das schlimmer, als blind zu sein.«

»Es ist ganz dort hinten, der fünfte Seitenweg. Clara, ist Ihnen nicht kalt?«

»Nein, mir ist nicht kalt.«

Und schweigt, während wir ihr, der Toten, folgen. Schritt um Schritt. Und meine Schritte folgen euren Schritten. Ach, laßt mich doch, laßt mich allein gehen. Lénie, so leicht, so durchsichtig, ihr Haar in zwei umeinandergewundenen Zöpfen auf ihrem gesenkten Kopf. »Geh, nun geh schon«, hat Lénie gesagt. Wieder allein, bewegungslos, befreit.

Nein, meine Hand hat sich nicht bewegt. Sollte ich etwa schreien? Sollte ich zulassen, daß die Kinderarme sich um meinen Hals legen, daraus eine Verbindung entstehen lassen, die mich zurückhält? Menschliches Symbol, der geblümte Schlafanzug, den das Kind trägt, vorbereitet für die unschuldige Nacht. In meinem Reich gibt es keine Symbole und keine Legenden. Die Menge kommt nicht dorthin, und ihr Herz.

Hier gibt es eine Quelle, die rein und frei von Deutungen ist. Ich war in der Lautlosigkeit, Clara, und auf diese Weise beinahe in Gott. In meinem Meer gab es keine schwarze Muschel, und die süße Sanftheit meines Todes erscheint dir bar jeder Logik. Der Dialog hat hier ein Ende.

Eine kalte Sonne berührt die geöffnete Erde. Die Bäume entlang der Wege erschauern nicht, die Farbe der Luft läßt kein Zeichen von Veränderung erkennen. Es geht kein Riß durch Raum und Zeit. Weder Freude noch Schmerz. Das Universum ist Zeuge, doch nichts regt sich. Der Übergang ist nicht sichtbar. Keine Parzelle des Raums, keine Parzelle der Zeit geht mit Lénie dahin, die leicht und durchsichtig auf vier Männerarmen dahingleitet, ohne die Erde mit ihrem Gewicht zu beschweren. Alles ist von einer bestürzenden Sanftheit.

Und immer weiter in dieser Sanftheit und nochmals fünf Seitenwege. Ein langer, ruhiger, gleichgültiger Weg, Schritt um Schritt. Und meine Schritte folgen euren Schritten. Ich bin mit deinem Tod konfrontiert, der bar jeder Logik ist ... Das Universum ist Zeuge, doch in ihm ist alles Verweigerung. Es gibt keinen Übergang, wenn man nicht eine Parzelle des Raums oder eine Parzelle der Zeit rettet und mit sich nimmt ...

»Steigen wir alle in den Bus?«

»Ja, kommt mit zu mir. Ich mache einen Tee, der wird uns wärmen.«

»Clara, kommen Sie auch mit? Ja, Sie frieren, nicht wahr, Sie frieren?«

»Nein, ich friere nicht.«

In der Lautlosigkeit bist du mit mir verbunden. Du öffnetest das Fenster für die heraufdämmernde Morgenröte. Die Morgenröte der Stille, die den Gesang der grenzenlosen Finsternis mit sich trägt. Alles wird endlich geboren und die Zeit der Sprache anbrechen. Oh, Lénie, aus welchem Hochmut, welcher Schwäche, welcher Faszination heraus ... Glaubtest du, es genügt zu sterben, um ins Herz des Universums einzudringen? Als das Kind die Lippen bewegte, blieb deine Hand reglos liegen!

Jetzt gibt es auf der Straße kein einziges bekanntes Gesicht mehr. Clara bewegt sich langsam und ohne Begleitung vorwärts, in einem merkwürdigen Gemisch aus Wörtern und Geräuschen. Ein Pferdekarren fährt vorbei. Kinder schreien. Landschaften rechts und Landschaften links von ihr. Auf einem Dorfplatz steigt Clara in einen leeren Bus. Während er auf seine Fahrgäste wartet, stampft der Busfahrer abwechselnd mit beiden Füßen auf den Boden, um sich zu wärmen; er bläst seinen warmen Atem auf seine Handschuhe. Ein Mann steigt in den Bus, nachdem er dem Busfahrer im Vorübergehen freundschaftlich auf die Schulter geklopft hat.

»Na, willst du in die Stadt?« fragt der Busfahrer.

»Ja. Hab Lust, ins Kino zu gehen«, sagt der Mann.

Jetzt kommt noch ein Paar, die Frau sagt: »Wir gehen einen Sack Holz holen.«

Der Busfahrer gibt selbst die Fahrkarten aus. Als er vor Clara steht, streckt er den Arm zum halbgeöffneten Fenster aus: »Soll ich zumachen? Ist Ihnen kalt?«

»Ja«, sagt Clara.

Denn hier herrscht die Stille. Der Mann schließt das Fenster, er läßt sich auf seinem Sitz nieder und setzt den Bus in Bewegung. Die schwarzen Zweige der Baumreihe streifen die Scheiben. Hinter den Bäumen dehnen sich die Felder aus. Es wird dunkel. In der Ferne ballen sich Wolken zusammen, die sich rötlich färben wie in einer geheiligten Nacht. Ja, wir gehen Holz holen, sagt die Frau. Sie öffnet ein Papiertütchen, gibt ihrem Begleiter ein Bonbon aus violettem Zucker in Form eines Veilchens.

Wenn der Morgen dämmert

»Es regnet in Strömen«, hat der Mann gesagt, der vor der offenen Tür steht. Das herabstürzende Wasser klatscht auf den Bürgersteig und spritzt über die Füße des Mannes. In der finsteren Luft hängt ein Geruch von Hitze. Ein glühend heißer Tag mitten im Juli ist vergangen, und es ist, als hätten die Regenfluten die düstere Hitze der Luft zurück zum Boden gespült. Solch ein Regen war das; und zuvor hatte es ein ebenso heftiges Gewitter gegeben.

»Es schüttet wie aus Kübeln«, sagte der Mann.

»Das sieht man«, sagte der Wirt des Bistros. »Und wie man das sieht, Herrgott noch mal, das braucht man doch nicht auch noch zu sagen.«

So regnete es in meiner Heimat. Wir standen in einer Nische neben der Tür und sahen zu, wie das herabstürzende Wasser den Obstgarten voller Apfelbäume überflutete.

»Sieh mal, wie das Wasser hochspritzt«, habe ich zu ihm gesagt und auf die Steinbank vor uns gedeutet. »Das Wasser spritzt hoch. Siehst du, wie das Wasser hochspritzt?« hat er lächelnd gesagt. Dann schubsten wir uns gegenseitig unter dem Vordach hervor, in den

Regen hinein. Nach einigen Minuten hat er unser Spielchen unterbrochen und gesagt: »Du Verrückte, du bist ja klatschnaß.« Er hat mich wieder in die Ecke gezogen, dicht an sich; dort sind wir geblieben, seine Hand auf meiner Schulter. Wir sahen zu, wie das Wasser am Boden die von den Apfelbäumen gerissenen Blätter zermalmte.

Den Mann, der den Regen betrachtet, kann ich nicht immer sehen. Vor der Theke steht eine Gruppe Gäste, so daß ich ihn von meinem Tisch aus nur sehe, wenn im Tumult des Gesprächs die Köpfe und Körper den Blick freigeben. Aber die Glasscheibe des Bistros sehe ich in ihrer ganzen Länge. Ich sehe, wie hinter dem Regenschleier eine Silhouette vorbeihastet, und dann erblicke ich zwischen den Männerköpfen Carrol, der den Raum betritt. Er beugt sich über die Theke und sagt ein paar Worte zum Wirt, der als Antwort mit dem Kopf in meine Richtung deutet; darauf begrüßt Carrol alle, die vor der Theke stehen, und bestellt ein Glas Rotwein, um mit ihnen zu trinken. So als hätte er mich plötzlich erblickt, tritt er dann auf mich zu und reicht mir die Hand.

»Guten Tag, Madame«, sagt Carrol und kehrt zu seinen Kameraden zurück. Kurz darauf kommt er wieder zu mir herüber: »Na, wie geht's?« sagt er laut, setzt sich neben mich, beugt sich zu mir und fügt mit gedämpfter Stimme hinzu: »Léa, ich bin gekommen, so schnell ich konnte ... Ich mußte den Nachtbus nehmen, diese Scheißkerle haben uns eine Stunde länger festgehalten, damit wir kapieren, daß sie bereit sind, uns in die Pfanne zu hauen ... Was Raffinierteres hätte ihnen nicht einfallen können . . . Ich bin von der Bushaltestelle direkt zu dir gelaufen. Meine Mutter weiß nicht mal, daß ich zurück bin.« Er hat noch seine Arbeitskleidung aus der Fabrik an. Seine blaue Leinenjacke ist vom Regen durchnäßt. Der Zorn läßt sein schmales, hageres Gesicht hart erscheinen, doch seine Augen blicken mich zärtlich an, und aus seinen schwarzen Haaren sehe ich feine Regentropfen laufen, die ihm über Stirn und Schläfen rinnen.

»Léa«, sagt er erneut.

»Du solltest dich umziehen, du bist ganz naß«, sage ich.

»Ich möchte bei dir bleiben.«

»Aber du könntest dich erkälten, so durchnäßt, wie du bist.«

»Ich koche vor Wut«, sagt er lachend. »Geh nicht, in ein paar Minuten setze ich mich zu dir. Ich will nur bei den anderen mein Glas austrinken.«

Mein Blick schweift über die Gesichter der Arbeiter, über Carrols Gesicht zwischen ihnen, und als die Köpfe sich ein wenig verschieben, sehe ich den Mann im Türrahmen wieder. Er steht ganz allein vor dem Regen, der laut und peitschend auf das Pflaster der Gasse klatscht und plötzlich aus der Realität zurückzutreten scheint, vor meinem Blick verschwimmt, um sich zu wandeln, wieder real zu werden und in meine Erinnerung einzufließen, ein sichtbarer, strömender Regen, der den Obstgarten voller Apfelbäume überflutet, und ich höre seine Stimme, sehe seine hohe Stirn, über die eine blonde Strähne fällt. Wir standen Seite an Seite, und auf meiner Schulter ruhte das Gewicht seiner Hand.

Wir waren einander vollkommen gleich, nicht wie zwei
Menschen, sondern eins, und das schon seit einer stillen
Ewigkeit, so als kämen wir beide aus einem tiefen Abgrund von Zeit und gingen gemeinsam auf dieselbe
Nacht zu, von der schleichenden Ungeduld der Zeit ge-
quält. Und so war es jedesmal, wenn wir zusammen
waren. An jenem Tag, an dem der Regen laut und peitschend wie heute vom Himmel fiel, sind wir in das
Haus gegangen und haben die Türe verschlossen. Wir
setzten uns an den Tisch und begannen, unser Brot zu
verzehren, sorglos wie Kinder, die sich beim Essen vergnügen. Lachend stritten wir uns um einen Apfel, der
größer war als die anderen. Es war so, als würden sich
traurige Kinder auf dem Schulhof die Zeit vertreiben.
Unser Lachen erstarb, und die Dunkelheit legte sich
über unser Schweigen. War es die Nacht, die draußen
hereinbrach und nun ins Zimmer kroch? War es die
Nacht, die in unseren Seelen heraufzog und alles in ihr
Dunkel tauchte? Ich weiß es nicht, ich weiß es nicht
mehr. Aber ich erinnere mich, wie sich langsam alles
verfinsterte und wie inmitten dieser Nacht meine Hand
die seine berührte. Behutsam hat einer den anderen zu
sich herangezogen, bis unsere Ellbogen sich berührten.
Ich mit nach hinten gebogenem Körper, unter meinen
Lenden das eisige Wasser eines umgekippten Glases,
das über das harte Holz des Tisches lief, und er über
mich gebeugt, so haben wir unsere Liebe ein zweites
Mal verfehlt. Aber dennoch, mein Gott, ist es nicht
dennoch vollendete Liebe, wenn zwei Wesen sich in der
Ewigkeit ein und derselben Nacht verbinden? Ich
spürte, wie seine eisigen Hände über meinen Körper

glitten, ich spürte, wie seine eisigen Hände meine Hüften und meine Schultern umfaßten, und seine Hände und seine Augen, die im Dunkel der Nacht auf Erden und im Dunkel unserer Herzen funkelten, sagten mir *du lebst noch*, und in diesem *noch* schwang so deutlich all jenes künftige Nichts mit, daß *du lebst noch* ganz klar bedeutete *du bist schon tot*. Das Gewicht unserer Körper noch in unseren Körpern, sind wir in die Nacht hinausgegangen. Wir haben den Garten durchquert, ein eisiger Wind peitschte uns ins Gesicht, durchdrang unsere Kleider. Wir sind den Weg hinaufgelaufen und haben uns auf halber Höhe einer steilen Böschung neben den Bäumen auf die feuchte Erde gesetzt, umhüllt von der noch regennassen Nacht. Die Kälte ließ uns bis in die Knochen gefrieren. Mit seinen Händen hat er die Blätter, die den Boden bedeckten, zur Seite geschoben und auf die freie Stelle etwas Reisig gelegt. »Das Feuer wird nicht brennen«, habe ich gesagt. »Nein, es wird nicht brennen«, hat er geantwortet. Aus seinen Taschen zog er Streichhölzer und etwas Papier, das er unter das Reisig schob, und im Schein der Flammen sah ich einen kurzen Moment lang, wie blaß sein Gesicht war. Wir streckten unsere Hände der feuchten Feuerstelle entgegen, von der nur noch ein hauchdünner Rauch emporstieg. »Wärmen wir uns doch auf«, und wieder haben wir gelacht. Am Himmel wälzten sich schwarze Massen über- und untereinander, und ich habe gesagt: »Sieh mal. Sie füllen den Himmel aus, in seiner ganzen Breite, aber gewiß auch in seiner Tiefe. Was ist das nur, was sind sie?« »Nichts«, hat er gesagt. »Sie sind nichts. Sie werden ihre nutzlose Jagd fortsetzen. Oder sie entladen sich über unseren Köpfen, und wir werden davon nur einen eisigen Schauer abbekommen.« Ich spürte, wie sein Körper vor Kälte schauderte, und meine Hand berührte den nassen Stoff, der seine Schulter umhüllte, naß und kalt wie vorhin Carrols Jacke. Ich wende mich zu Carrol um, sehe sein Gesicht und seinen Blick, der auf mir ruht. Als er sieht, daß ich ihm den Kopf zuwende, lächelt er mir zu und reicht mir ein volles Glas:

»Darf ich Ihnen ein Glas Rotwein anbieten?«

Er stellt zwei Gläser auf den Tisch und setzt sich neben mich. »Siehst du, ich komme, um mit dir anzustoßen«, sagt Carrol.

Wir heben die Gläser, lassen sie aneinander klingen, und in dieser Berührung liegt etwas Tröstliches: Carrols Glas, für seine Hand ein simples Gefäß, das einfach da ist, macht durch die Berührung auch mein Glas zu einem simplen Ding, das einfach da ist. Doch als mein Glas *das seine* berührte, blieb jene anrührende Fantasie aus, denn das Glas, das nichts war in meiner Hand, berührte ein Glas, das nichts war in seiner Hand. »Siehst du, ich komme, um mit dir anzustoßen«, hat Carrol gerade zu mir gesagt. Das enge Café ist hell erleuchtet, die Männer, die dort trinken und sich miteinander unterhalten, suchen nach der Arbeit etwas Ablenkung. Carrols Gesichtszüge sind ein wenig entspannter und ich nehme Farben und Formen besonders deutlich wahr, jeder Gegenstand scheint vollkommen gegenwärtig zu sein. Carrol betrachtet mich und sieht sich um. Das Rot der Wände ist verblichen. Sie sind von einer Farbschicht bedeckt, die ich mit dem Finger berühren kann. Man bräuchte nur eine winzige Stelle abzukratzen, um die genaue Dicke dieser Schicht zu kennen.

»Hör mal«, sagt Carrol, »ich gehe kurz heim, ich muß meine Mutter beruhigen, und dann komme ich wieder her und hole dich ab. Du wartest doch auf mich? Wir gehen zusammen zu Paulu, da habe ich mich mit zwei Freunden verabredet. Prima Kerle sind das, die mußt du kennenlernen. Wir drei haben für morgen diese Sache vorbereitet ... Echte Freunde eben. Mit denen war ich im Krieg, verstehst du ... Also, ich gehe kurz heim, und du wartest hier auf mich.«

»Ja«, sage ich. »Du wirst wieder ganz naß werden, Carrol. Es regnet noch. Zieh dich um, laß die durchnäßte Jacke nicht an.«

»Ich werde mich umziehen«, sagt Carrol, »und außerdem bringe ich einen Schirm für dich mit. Warum lachst du? Ist es nicht nett von mir, dir einen Schirm zu bringen?«

»Doch, Carrol, das ist sehr nett.«

Carrol steht auf, geht durch die Gasse davon.

Das Rot der Wände ist verblichen, der enge Raum ist hell erleuchtet, jede Farbe, jede Form scheint vollkommen gegenwärtig zu sein. Und dennoch ...

Ich warte auf Carrol.

Der Mann, der in den Regen hinaussieht, verläßt seinen Platz auf der Türschwelle. Zurück bleibt der große, leere Türrahmen, in dem mir nichts mehr die Sicht versperrt. Die Wassertropfen fallen jetzt leichter, in größeren Abständen herab. Doch der Mann ist nicht fort, er steht noch in der Gasse, den Rücken an die Scheibe des Bistros gelehnt, unschlüssig, ob er seinen Weg fortset-

zen soll. Er hat den Kragen hochgeschlagen und die
Hände in seine Taschen geschoben. Ich frage mich,
warum er nicht hereinkommt und hier wartet, bis der
Regen vorüber ist. Vielleicht hat er kein Geld. Aber
man kann doch auch ohne Geld eine Weile im Bistro an
der Wand stehen und sich mit den Leuten unterhalten.
Außerdem würden ihm die Männer, die hier sind, früher oder später schon ein Glas anbieten. Wenn man gemeinsam an der Theke steht und redet, trinkt man auch
gemeinsam, so ist das eben. Aber vielleicht redet dieser
Mann nicht gerne. Da, jetzt geht Jasminot an dem
Mann vorbei und kommt rein. Jasminot ist frisch ra-
siert, seine graumelierten Haare sind ordentlich geschnitten, er kommt vom Friseur. Die anderen an der
Theke begrüßen ihn lachend.

»He, Jasminot, du hast dich aber schön gemacht.«

»Na, du bist wohl verliebt, oder?«

»Verliebt«, sagt Jasminot. »Ihr vielleicht, ihr Idio-
ten. Aber ich doch nicht mehr, in meinem Alter.«

»He, Jasminot, man kann doch im Herzen jung bleiben. Oder?«

»Im Herzen jung bleiben ...«, sagt Jasminot. »Da
fällt mir eine Geschichte ein.«

»Erzähl mal, wir geben dir einen aus.«

»Wenn schon, dann gebe ich einen aus, ich bin als
letzter gekommen«, sagt Jasminot.

»Und? Ist es eine Liebesgeschichte?«

»Kann man wohl sagen«, sagt Jasminot.

»Wirt, er hat gesagt, er gibt sechs Gläser Wein aus.«

»Sieben, mit mir«, sagt der Wirt.

»Da war mal so ein armer Kerl«, sagt Jasminot.

»Die ist aber nicht lustig, deine Geschichte.«

»Sie ist nicht lustig, aber sie ist komisch«, sagt Jasminot.

»Wir sind ganz Ohr. Auf dein Wohl.«

»Da war mal so ein armer Kerl«, sagt Jasminot, »der hatte seine Geliebte umgebracht, hatte sie in kleine Stücke geschnitten und am Abend in den Fluß reingeworfen. Vor Gericht sagte er kein Wort, saß nur jämmerlich auf seiner Bank, grad so, als wär er taub. ›Na los‹, hat ihn der Richter angeschnauzt, ›jetzt antworten Sie schon. Warum haben Sie Ihre Freundin getötet?‹ Nach einer Weile macht der Kerl den Mund auf und sagt leise: ›Weil ich se geliebt hab.‹ Der Richter brüllt: ›Kreuzdonnerwetter! Warum haben Sie sie dann in Stücke geschnitten und in den Fluß geworfen?‹, und der andere sagt wieder: ›Weil ich se geliebt hab.‹ Also gut, die lassen ihn in Ruhe, er wird schuldig gesprochen und zu einer Zuchthausstrafe verurteilt.«

»Lebenslänglich?«

»Nein, zu zwanzig Jahren, aber unterbrich mich nicht«, sagt Jasminot. »Beim Urteilsspruch sagt er immer noch nichts. Völlig teilnahmslos. Grad so, als wär er taub. Der Richter schreit ihn an: ›Zwanzig Jahre! Haben Sie gehört? Zwanzig Jahre!‹ Da hebt der Kerl sein jämmerliches Gesicht und sagt: ›Wenn man liebt, ist man immer zwanzig.‹« Jasminot trinkt einen Schluck, stellt sein Glas ab, und die anderen sehen ihn an.

»Merkwürdige Geschichte«, sagt der Wirt. »Da hast du uns aber reingelegt, Jasminot.«

»Aber immerhin sagt sie was aus«, sagt Jasminot.

»Außerdem soll euch das eine Lehre sein, mich für einen Stenz zu halten, bloß weil ich mir die Haare hab schneiden lassen.«

Carrol kommt zurück, lehnt seinen Schirm an die Theke und mischt sich unter die Männer.

»Spazierst du jetzt mit 'nem Schirm herum?« fragt Carouges.

»Warum soll er denn nicht mit 'nem Schirm herumspazieren?« sagt Jasminot.

Carrol sieht Jasminot an, lächelt ihn an, und Jasminot zwinkert Carrol zu. Hinter der Scheibe sehe ich den wartenden Mann nicht mehr. Er ist gegangen, ich weiß nicht, wann; wahrscheinlich, weil der Regen aufgehört hat. Auch Carrols Jacke ist völlig trocken. Er hat sich umgezogen und trägt nicht mehr die vom Regen durchnäßte blaue Stoffjacke, so naß und kalt wie der Stoff, auf dem meine Hand lag, als wir auf der Böschung saßen, über unseren Köpfen jene schwarzen Massen, die den ganzen Himmel bedeckten. Ich spürte, wie er vor Kälte bebte und sagte: »Laß uns nicht länger hierbleiben.« Er rührte sich nicht. »Du bist eiskalt«, sagte ich. »Laß uns reingehen, oder wir trennen uns, aber hier können wir nicht länger bleiben.« »Dir ist auch kalt«, sagte er. Wir überquerten den Weg und kamen zum Gartentor. Wir blieben einen Moment lang stehen, in der Stille der Nacht. »Ich gehe«, sagte er dann. Er ergriff meine Hand und hielt sie in seinen Händen. »Du bist völlig durchgefroren«, sagte er. Er führte meine Hand an seine Wange und ging den Weg hinunter. Ich ging ins Haus. Seit dieser Nacht habe ich ihn nicht wiedergese-

hen. Es dauert immer sehr lange, bis wir uns wiedersehen. Da ist nichts zu machen. Nicht das geringste.
Etwas aufzubauen, so zu tun, als lebte man, ist mit unserer Vision nicht vereinbar. Aber sie übt einen solchen
Zauber auf uns aus, daß wir, wenn wir uns durch Zufall
oder durch ein Wunder wieder zusammenfinden, trotz
unseres Wunsches zu fliehen stunden- oder tagelang
nicht auseinandergehen können. Wir bleiben nah beieinander, auf der Schwelle unseres Schattenreiches, die
Hände und Körper in wilder Zärtlichkeit verschlungen. Und wenn sich unsere Blicke begegnen, sagen wir
nichts, doch im anderen den gleichen und einzigen Gedanken zu lesen, läßt unser beider Gesichter erstrahlen.
Es ist so, als wäre dies unsere einzig mögliche Hoffnung, die einzige Rettung: diese Vision, die uns manchmal verbindet und dann wieder auseinandertreibt.

»Also los, gehen wir zu Paulu«, sagt Carrol.

»Ja«, sage ich.

Es ist finster in der Gasse, es regnet nicht mehr, Carrols
Regenschirm ist überflüssig geworden. Er benutzt ihn
wie einen Spazierstock, und kein anderes Geräusch begleitet uns. Wir überqueren den kleinen, mit Bäumen
bepflanzten Platz; ein Windstoß fährt durch alle Äste,
von denen für einen kurzen Moment ein ungleichmäßi-
ger Regen auf uns herabrieselt. Plötzlich öffnet sich der
Platz, und ich sehe in der Ferne, daß der Himmel sich
aufgehellt hat; über den Bergen zeigt sich schon der
Schimmer einer klaren Nacht. Doch von der Erde steigt
noch ein angenehmer Duft empor wie nach einem Gewitter, ein feuchter und zugleich warmer Wohlgeruch,

so als würde die Hitze der Luft, die von den Regenströ-
men zum Boden gespült worden war, auf einmal wieder
frei. Über allem liegt eine benommene Stille, auf den
Weinreben, den harten Agaven und allem Gestrüpp.

»Gehen wir gleich rein, hier gibt es weder eine
Glocke noch einen Türklopfer.«

Das war Carrols Stimme. Ich hatte nicht bemerkt,
daß wir schon bei Paulu angekommen waren. Ich hatte
geglaubt, daß ich alleine sei und der Weg kein Ende
hätte.

Auf dem viereckigen Schotterplatz vor dem Haus liegen Schatten. Die Tür führt direkt in die Küche.

»Ist Paulu da?« fragt Carrol.

»Er ist noch nicht heimgekommen«, sagt Paulus
Frau, »aber eure Freunde sind schon da.«

Carrol tritt in das Zimmer, das neben der Küche
liegt. Ich bleibe einen Moment bei Paulus Frau; sie fal-
tet Bettwäsche, die sich in einem Korb türmt.

»Ich werde Ihnen helfen«, sage ich.

»Ach was, das ist nicht nötig«, sagt sie. »Wissen Sie,
es beunruhigt mich, was sie da angezettelt haben. Wenn
sie wenigstens die Masse hinter sich hätten.«

»Seit einem Monat mühen sie sich jetzt schon ab«,
sage ich. »Sie müssen das ganz allein durchfechten.«

»Tatsache ist ...«, sagt sie.

»Was ist, kommst du nicht guten Tag sagen?« ruft
Carrol.

Ich gehe in das zweite Zimmer hinüber, reiche Carrols Freunden die Hand.

»Das ist Leslie Fay, und das ist Gab Ortiguez«, sagt
Carrol.

»Sind alle Vorbereitungen beendet?« frage ich, um etwas zu sagen.

»Sie fangen gerade erst an«, sagt Leslie und sieht mich aus seinen kleinen, fröhlichen Augen an. »Sehen Sie, wir drei hier haben uns eines Tages zusammengetan, um für eine große Sache zu kämpfen, so etwas wie die Freiheit, die Schönheit der Welt; jetzt tun wir uns zusammen, um für unsere Brötchen zu kämpfen.«

»Das Land ist verdorben«, sagt Carrol.

»Laßt mich bloß in Ruhe«, sagt Ortiguez. »Du mit deinen Phrasen, und du mit deinen Floskeln.«

Die beiden Burschen sind ganz anders als Carrol, und ich frage mich, was sie bloß in seiner Fabrik suchen. Leslie Fay hat einen Akzent, der von weit her kommt, von seinem Namen einmal ganz abgesehen. Fay, Ortiguez und Carrol sind im gleichen Alter, kaum älter als zwanzig, und alle drei tragen auf dem Revers ihrer Jacke das Emailabzeichen der Fallschirmjäger. Aber das ist auch schon alles, was sie mit Carrol gemein haben. Ihre Haltung, ihre Gesten, ihre Stimmen verraten, daß sie sich für etwas rächen müssen, wohl ihre entgangene Jugend, die im Stacheldraht zerfetzt wurde, aufgesogen von einer schnellen Folge atmosphärischer Schichten, inmitten bleierner Nächte, die Zeugen ihres sonderbaren Abstiegs vom Himmel zur Erde wurden. Sie haben alles verloren, das wissen sie, und darin liegt ihre Stärke und ihr Verhängnis. Auch Carrol hat alles verloren, doch er weiß es nicht. Das macht seine Schwäche aus und ist zugleich sein Glück. Eines Tages, tief in einem Wald voll zerfetzter Bäume, haben sie das einfache Gemüt des kleinen Carrol gebraucht, und dieses Bedürfnis hat sie nicht mehr losgelassen. Doch die Freundschaft, in der die drei verbunden sind, ist gefährlich für Carrol. Und diese Freundschaft, die in einem Abgrund aus Schlamm und Einsamkeit entstand, ist gegen alles gefeit.

»Ah, ich glaube, das sind Paulus Schritte«, sagt Carrol, der vor dem Fenster steht.

»Na, dann lasse ich euch mal weiterreden«, sage ich.

»Du willst gehen?« fragt Carrol mit gesenkter Stimme.

»Warum willst du gehen? Es gefällt mir nicht, daß du mich einfach so verläßt. Ich komme später noch mal bei dir vorbei, um dir gute Nacht zu sagen.«

Draußen ist es dunkel, Nacht, und ich gehe durch die Nacht hindurch weiter den Weg hoch. Denn die Nacht bringt dich wieder zu mir zurück. Du mit mir, aber auch du ohne mich, so wie du auch selbst bist, mit deinem mageren, großen Körper, der sich vor Nervosität verzehrt, diesem Körper, mit dem du dich in jede Unruhe stürzt, die du irgendwo auf der Welt aufflackern siehst. Es ist Nacht, und du bist bei mir in dieser Nacht, aber du bist zugleich in den angsterfüllten Straßen von Shanghai, in jenem notdürftig geschützten Lastwagen, und du bist in Belgien, in jenem lehmverschmierten, in einem Erdloch gefangenen Panzer, wo du an die verkeilte Tür gepreßt den Todesruf der Granaten erwartest und bedauerst, daß sie dich nicht unter einem sternenübersäten Himmel treffen. Ebenso sitzt du vor einem schneebedeckten Felsen an jener Biegung der Straße nach Navacerrada, den Gewehrkolben zwischen die Fersen geklemmt, zusammengekauert im Gebüsch neben deinem Kommandeur, jenem siebzigjährigen, alten Zigeuner. Und du bist an der Küste von Somalia, inmitten einer violetten Dämmerung, so wie du auch an irgendeinem anderen Fleck der Welt bist, von wo du jedesmal noch magerer und unruhiger zurückkehrst. »Und?« frage ich dich. »Nichts«, antwortest du. Du lächelst mich an, mit deinem Lächeln, das zugleich teuflisch und resigniert ist, dein ganzes Gesicht hat an diesem Lächeln teil, und als du sprichst, sprudeln die Worte im Rhythmus deiner sich schnell bewegenden Lippen und Zähne hervor. Du erzählst mir von Shanghai oder Madrid, den Kämpfen in Beauce oder in Birma, einer langen Reihe von Menschen, von Gefahren, Landschaften, in die du eintauchst und die du mit dir zurückbringst, nicht um dich in die Welt einzufügen, sondern dich ihr zu entreißen. »Das einzige, was ich von all dem habe . . .« Ich höre, wie deine Stimme zu mir spricht, und vor dir jene Skulptur eines Königshofes aus schwarzem Stein, die du mit nach Europa gebracht hast und die der Hauch des Todes umweht. Und ich bin in der Nacht, die dich zu mir bringt, bin ganz umhüllt von einer Nacht, die mehr ist als Nacht, die die Bäume, die Steine, die Tiere unter den Blättern bedeckt, du und ich inmitten der Nacht, nicht wie zwei Menschen, sondern eins, und wir leiden gleichermaßen unter der schleichenden Ungeduld der Zeit.

Ich steige den Weg wieder hinab, komme vor dem leuchtenden Viereck des Fensters an und sehe Carrol, Paulu, Leslie und Ortiguez, die um den Tisch sitzen. Vorsichtig setze ich einen Fuß vor den anderen, immer

darauf bedacht, nicht an die Steine des Weges zu sto-
ßen: Sie haben mich nicht vorbeigehen gehört, und ich
setze meinen Weg etwas rascher fort, bis ich zu Jasmi-
nots Haus komme. Ich treffe ihn in der Küche sitzend
an, zwischen den Knien einen eisernen Leisten. Er repariert die Schuhe seines jüngsten Sohnes. Seine Frau
und die Kinder sind im Bett. Mit gebeugtem Rücken
nagelt er den Stiefel, der zu einem vierjährigen Fuß gehört, glättet den faltigen Schaft, die abgeschabte
Spitze. Er hat den Kopf gehoben und sagt:

»Guten Tag, Léa, freut mich, daß Sie mir einen kleinen Besuch abstatten. Es gibt da etwas, das Sie beunruhigt, nicht wahr?«

»Ja«, sage ich.

»Wir gehen morgen zusammen hin«, sagt Jasminot,
»morgen in aller Frühe, wir beide zusammen.«

»Glauben Sie, daß sie etwas erreichen werden?«

»Sie sind wie die Kinder. Sie sind fünfzig, das macht
fünf Streikposten à zehn Personen, und es sind zweitausend Arbeiter. Und vor allem gibt es da einen Ober-
häuptling, der ist ein richtiger Widerling.«

»Und man kann gar nichts tun, um ihnen zu helfen?«

»Was wollen Sie denn tun?« sagt Jasminot. »Wir sind
doch nichts, weniger als nichts.«

Ich schweige, so als hätte er mich in meine Schranken
verwiesen, mir den einzigen Platz zugewiesen, den ich
verdient habe. Jedem Nagel, den Jasminot mit dem Finger zur Hälfte hineindrückt, versetzt er anschließend
regelmäßige kräftige Schläge.

»Die Zahl«, sagt Jasminot. »Die Zahl und die Zeit.«

Er hat diese Worte auf eine merkwürdige Weise ausgesprochen, so als wären sie in Großbuchstaben geschrieben oder als hätten sie eine besondere magische Bedeutung. Dann fügt er hinzu: »Das Böse ist viel schlagkräftiger als das Gute. In Null Komma nichts verbreitet es sich, überschwemmt und beherrscht alles. Man braucht mindestens tausend Männer auf der Seite des Guten, um einen Mann auf der Seite des Bösen zu besiegen.«

»Aber es ist doch schon vorgekommen«, sage ich, »daß Leute in kleiner Zahl ...«

»So etwas ist noch nie vorgekommen«, sagt Jasminot. »Allerdings... ja, etwas Gutes kann wirklich etwas gleich großes Böses besiegen, und sogar etwas noch größeres, aber dazu braucht es Zeit, sehr viel Zeit. Eine unendlich lange Zeit.«

Die letzten Worte scheinen Jasminot beschwichtigt zu haben. Er hat sie leise, fast zärtlich gesprochen. Jetzt schweigt er. Langsam fährt er mit der Feile über das Leder am Schuhrand, um der Sohle den letzten Schliff zu geben. Er nimmt den Schuh vom Leisten und stellt ihn auf den Tisch, wo er aufrecht stehenbleibt, die Spitze ein wenig nach oben gebogen wie der Bug eines Schiffes, auf seiner funkelnagelneuen Sohle.

»Und jetzt den anderen?« sage ich.

»Nein, den anderen mache ich morgen«, sagt Jasminot. »Jetzt werden wir etwas wirklich Gutes essen.«

Er stellt eine Tarte aus goldgelb gebackenem Teig mit eingesunkenen Oliven und Sardellen auf den Tisch, aus der wir Stücke herausbrechen. Jasminot ißt langsam, mit ruhigem Blick, doch ohne jede Freude.

Wir verabreden, am nächsten Tag gleich im Morgengrauen loszugehen, ich drücke ihm die Hand und mache mich auf den Weg, aber nach ein paar Schritten ruft er mir hinterher: »Léa, seien Sie lieb zu Carrol.«

»Das bin ich«, sage ich, »so sehr ich nur kann.«

»Ich weiß«, sagt Jasminot.

Die Nacht ist ruhig; die Sterne leuchten, jene Sterne, deren Anblick du vermißtest, als du glaubtest, dein Tod sei nahe. Ein leichter, schon wieder wärmerer Wind hat die Steine fast getrocknet, nur in den Vertiefungen des Bodens glitzern noch Wasserspuren. Als ich vor meinem Haus ankomme, ist Carrol schon da und sitzt auf dem Fenstersims.

»Die Tür ist nicht abgeschlossen«, sage ich, »warum bist du nicht hineingegangen?«

»Ich habe nicht den Mut hineinzugehen, wenn du nicht da bist«, sagt Carrol. »Ich habe immer Angst, daß Germinie noch in der Küche ist.«

Im Dunkeln durchqueren wir Germinies Küche. Licht durchflutet mein Zimmer. Carrol drückt mich an sich, ich lege meine Hand auf seinen Kopf und streichele ihm sanft über das schwarze Haar.

»Du bist meine Frau ...«, sagt Carrol. »Du bist doch meine Frau, oder?«

»Die Nacht«, sage ich, »sieh doch die Nacht.«

»Was? Welche Nacht?« sagt Carrol, während ich ihn zum Fenster ziehe.

Carrol nimmt mich wieder in den Arm, und ich streichele ihm weiter über das schwarze Haar. Er hat den Kopf an meine Schulter gelegt, er spricht, aber ich höre nicht, was er sagt. Den Blick starr auf die Dunkelheit vor dem Fenster gerichtet, spreche auch ich.

»Léa«, sagt Carrol. »Léa, was erzählst du denn da?«
Ich habe das Fenster geschlossen. Carrol ist lange bei
mir geblieben.

Durch Germinies dunkle Küche habe ich ihn zurückbegleitet.

»Um wieviel Uhr brichst du auf?« fragte ich.

»Jetzt«, sagte Carrol, »mit Ortiguez' Motorrad.«

Ich habe die Lampe in meinem Zimmer ausgeschaltet
und das Fenster geöffnet.

Jetzt ist der zweite Tag. Trotz der frühen Stunde ist
die Hitze schon da. Und der Himmel ist vollkommen
klar, das gestrige Gewitter hat alle Wolken verjagt. Jasminot und ich steigen in den Bus. Während der ganzen
Fahrt sagen wir fast kein Wort. Je weiter wir aus den
Bergen hinabfahren, desto drückender wird die Hitze.
Der leichte Fahrtwind erfrischt uns ein wenig, doch als
wir aussteigen, finden wir uns in der brütend heißen
Stadt wieder, wo kein Lufthauch Erleichterung schafft.
Und da ist auch die Fabrik, ein massiger Komplex aus
roten Ziegeln, durchbrochen vom Südportal mit seinen
verschlossenen Gittern. Um die Fabrik herum herrscht
eine merkwürdige Ruhe, jene äußere Ruhe, die mit der
gewohnten morgendlichen Arbeit einhergeht. Ich sehe
Jasminot an, Jasminot sieht mich an.

»Sieht fast so aus, als wäre da was schiefgegangen«,
sagt Jasminot.

Als wir um die Fabrik herumgehen, begegnen wir
nur zwei oder drei Frauen mit Einkaufstaschen am
Arm. Vor dem Nordportal herrscht die gleiche Ruhe.
Die Sonne brennt so heftig auf diese Leere herab, daß
jeder Ziegel des Gebäudes, jeder Stein im Bürgersteig

glühend heiß wird. Ein viereckiges Stück Asphalt, das dunkler als der übrige Boden ist, scheint langsam zu schmelzen; ein schwerer Geruch steigt daraus auf. Wir gehen unnütz durch diese brennend heiße Leere, durch diese steinerne Wüste, an diesen stummen Ziegeln entlang, die ein altbekanntes, dumpfes Dröhnen umschließen, uns davon trennen, uns zurückstoßen, uns den Zugang versagen. Mir ist heiß, noch nie ist mir so heiß gewesen. Ich lehne mich an die Backsteinmauer.

»Jasminot . . .« sage ich.

Ich habe eher geschrien als gesprochen. Jasminot packt mich an der Schulter und schüttelt mich behutsam.

»Aber, aber, Léa«, sagt er.

Wir überqueren die Fahrbahn und dann den großen freien Platz, der sich vor der Fabrik erstreckt, wir irren über den baumbestandenen Gehsteig. Unwillkürlich schauen wir in jedes Bistro, doch alles ist ruhig, vollkommen ruhig.

»Da«, sage ich. Vor der Terrasse eines kleinen Cafés steht ein Motorrad, und Carrol ist auf Ortiguez' Motorrad gekommen.

Ich ziehe Jasminot hinter mir her.

»Es gibt mehr als ein Motorrad in der Stadt«, sagt Jasminot.

Doch an den Sitz ist der hellblaue Pullover gebunden, den Carrol in kühlen Nachtstunden immer bei sich hat.

Im Café treffen wir auf Ortiguez.

»Wo ist Carrol?« frage ich. »Und was ist geschehen?«

»Carrol geht es gut«, sagt Ortiguez. »Eine einfache Schramme an der Hand, nicht mehr als ein Kratzer. Und ansonsten ...«

Jasminot und ich warten darauf, daß er weiterspricht. Wir sind durch die leere Hitze geirrt, bestimmt sind unsere Gesichter schweißüberströmt und überrascht, begierig auf jedes Detail: Ortiguez schaut uns an. Er fängt an zu lachen. Wir warten immer noch.

»Hör doch auf zu lachen«, sagt Jasminot.

»Und ansonsten hat es nicht einmal eine Viertelstunde gedauert«, sagt Ortiguez. »Acht Leute waren wir. Ein Posten mit acht Leuten.« Und er fängt wieder an zu lachen.

»Und die zweiundvierzig anderen?« sage ich.

Ortiguez hört auf zu lachen. Er starrt vor sich hin, und plötzlich steht ihm eine entsetzliche Gleichgültigkeit ins Gesicht geschrieben. In die Stille hinein und ohne, daß sich sein Gesichtsausdruck verändert, sagt er: »Sie sind pünktlich gekommen wie alle anderen, zur vorgeschriebenen Zeit, ihre Brotzeit unter dem Arm. Man hat sie gestern abend gekauft, Grozzi hat sie gekauft.«

»Das ist noch mieser als alles, was ich erwartet hatte«, sagt Jasminot.

»Wer ist Grozzi?« frage ich.

»Sie kennen ihn bestimmt«, sagt Jasminot, »das ist dieser schwarzhaarige Dünne, der zur Zeit an der Straße wohnt, die zum alten Fort hochführt, ganz in der Nähe von unserem Kaff.«

»Ja und?« sage ich, denn jetzt verstehe ich wirklich überhaupt nichts mehr.

»Dabei ist es doch eigentlich ganz einfach«, sagt Ortiguez.

»Ja und?« sagt auch Jasminot.

»Wo man uns plötzlich auf eine so niederträchtige Weise im Stich gelassen hat«, sagt Ortiguez, »haben wir ein bißchen herumgestikuliert, wir acht gegen zweitausend weniger acht. Zwei oder drei Fausthiebe hat's gesetzt, und Spott nicht zu knapp. Da war nichts zu machen. Paulu hat sich auf den dicken Charles gestürzt, auf den wir so sehr gezählt hatten, da haben drei Typen Paulu gleich festgehalten, während er immer weiter schrie: ›Haben sie dich gekauft, du Lump? Die haben dich gekauft, was?‹ – ›Na und?‹ hat der dicke Charles geantwortet. ›Besser, man wird gekauft als arbeitslos.‹ Ein anderer hat gesagt: ›Warum mußtet ihr euch auch aufspielen wie Grünschnäbel, wo selbst die Gewerkschaft nicht dafür war.‹ Und dann kamen so Sachen wie: ›Wir haben die Streikerei satt, seit zwei Jahren streiken wir, ohne daß was dabei rauskommt‹. Nein, das hat nicht mal eine Viertelstunde gedauert, die Fabriksirene hat geheult, und wir sind von den reinströmenden Leuten mitgerissen worden.«

»Und Carrol«, sage ich, »hat er einfach so die Arbeit wieder aufgenommen?«

»Was sollte er denn sonst machen?« sagt Jasminot.

»Aber Sie?« sage ich zu Ortiguez.

»Ich? Oh, ich brauche kein Geld«, sagt er.

»Hast du welches?« sagt Jasminot.

»Ich habe das hier«, sagt Ortiguez und zieht zwei zerknitterte Hundertfrancscheine aus seiner Tasche. »Ich habe das hier, aber ich pfeif drauf.«

»Und du bist gleich hierher gekommen?« fragt Jasminot.

»In den zwei Stunden, seit dieser Spaß vorüber ist, habe ich Zeit gehabt, mich zu informieren. Ich kenne viele Leute in dieser Stadt.«

»Unsere Leute wissen, was sie von ihm halten sollen«, sagt Jasminot. »Sobald irgendeine miese Sache läuft, steckt Grozzi dahinter. Jeder haßt ihn. Aber hier lassen sie wie Schafe alles mit sich machen.«

»Und da war noch was«, sagt Ortiguez. »Ein Direktor hat uns einen kleinen Vortrag gehalten, nur uns acht. Daß eine Aufbesserung der Löhne unangebracht sei. Da zum einen die Erhöhung der Produktionssteuer kaum Auswirkungen auf die Verkaufspreise haben wird. Da es zum andern ungerecht wäre, wenn als Folge daraus die Arbeitgeber allein die ganze Last der neuen Steuergesetze tragen. Außerdem sei es zweckmäßig, die Arbeitszeit zu verkürzen und infolgedessen auch die Löhne. Ich habe nicht gewartet, bis er mit seinem Vortrag zu Ende war, ich habe meine Mütze genommen und bin gegangen. Ich will ja gern alles verlieren und auf der Seite der Besiegten stehen, aber ich mag es nicht, wenn man mich für dumm verkauft.«

»Und Leslie?« sage ich.

»Leslie ist geblieben. Er kann ja jederzeit gehen, zurück nach England, zu Vater und Mutter, nach Cambridge und so weiter. Vielleicht fällt es ihm auch schwer, Carrol allein zu lassen.«

Ortiguez hat Gott weiß woher einen kleinen Stock hervorgezogen, an dem er mit seinem Taschenmesser herumzuschnitzen beginnt. Mehrere Minuten lang.

Dann legt er sein Stück Holz auf den Tisch, neben seine zerknitterte Barschaft. Seine gleichgültigen Augen richten sich wieder auf einen Punkt vor ihm.

»Das war mies«, sagt Ortiguez. »Aber mir ist es schnuppe.«

»Wer ist Grozzi?« frage ich.

»Ich habe es Ihnen doch gesagt«, antwortet Jasminot. »Das ist dieser große, dunkle Dünne, ein Spanier, manche halten ihn auch für einen Italiener. Ab und zu läßt er sich für zwei, drei Monate hier nieder und tut dann so, als wäre er beschäftigt, als würd er versuchen, sich die Erde hier nutzbar zu machen. Im Moment bewirtschaftet er alleine ein kleines Stück Land an der Straße zum alten Fort. Sobald er auftaucht, sagen die Leute, daß jetzt wieder alles mögliche schiefgehen wird. Ob es nun eine schlechte Ernte gibt oder ein Mädchen nichts mehr von einem Mann wissen will oder ein Kind Fieber bekommt, die Leute sagen immer: ›Das ist Grozzis Schuld‹. Wenn die Sache klar ist, so wie heute morgen, geht er für eine Weile fort. Kehrt in seine Heimat zurück. Man fragt sich, wie er so einfach immer wieder über die Grenze kommt. Morgen oder übermorgen wird man ihn im Dorf bestimmt nicht mehr sehen, man wird ihn so lange nicht mehr sehen, wie es dauert, bis alles ein wenig vergessen ist. Der würde besser ein für allemal drüben bleiben, hinter seiner Grenze.«

»Kann man denn so einen Kerl nicht verhaften lassen?« frage ich.

»Warum und von wem?« sagt Ortiguez. »Das wäre allerliebst, meine Gnädigste.«

Ortiguez lacht leise vor sich hin. Dann folgt Schweigen. Eine ganze Weile sitzen wir drei so da, die Arme auf den Tisch gestützt, stumm und regungslos.

»Wer ist Grozzi?« frage ich.

»Also wirklich, Léa!« sagt Jasminot.

Die Hitze ist wieder über mich gekommen, wie eben vor der stummen Fabrik, die Hitze ist wieder über mich gekommen, so als würde die Sonne flüssig an meiner Haut kleben.

»Also los, jetzt bleibt uns nichts anderes übrig, als nach Hause zu fahren«, sagt Jasminot. »Im Dorf wartet Arbeit auf mich.«

»Ich fahre heute abend mit Carrol und Leslie hoch«, sagt Ortiguez. Jasminot und ich verlassen das Café, und Jasminot fragt mich: »Fahren Sie mit mir zurück?«

»Nein«, sage ich, »ich will ein bißchen laufen, wir sehen uns alle heute abend.«

Ich drücke Jasminot die Hand. Ich gehe die Straße entlang, ohne zu wissen, wohin ich gehe, inmitten glühend heißer Mauern und Pflastersteine, quälender blauer, gelber und roter Flächen, so als liefe ich durch die Hitze und durch einen Blutstrom hindurch. Die Farben verschmelzen ineinander über der Stadt, und ich laufe mit meiner Verletzung durch diese beklemmende Hitze und die Farben, vor deren Hintergrund sich rhythmisch wiederkehrend eine einzige Frage aufdrängt, so als schallte sie mir aus den Farben und der Hitze selbst entgegen: »Wer ist Grozzi?« Ich laufe durch das Grauenvolle dieser leuchtenden, heißen Stadt, durch diese Sonnenfanfare hindurch, wo grelle Insekten mit dünnen Beinen und Zitronenflügeln sich zwischen Pflastersteinen und auf glühenden Mauern niederlassen, zerbrechliche, trockene, farbenprächtige Insekten, laute Insekten mit länglichen roten und gelben Körpern, dünnen, flattrigen Panzern, Beinen und Flügeln, mit den großen, vorspringenden Augen von Tagvoyeuren. Nachts haben diese Insekten schöne, feuchte Panzer, die sich nur durch ihr glänzendes Schwarz vom verblaßten Schwarz der Schatten abheben.

Und ich laufe und laufe durch das Blau und Gelb und das schmerzende Leuchten hindurch. Doch plötzlich, mit einem Mal, verstummt die drängende Frage, und meinen wunden Blicken bleiben nur mehr schweigende Farben und eine stumme Glut, die in ihrer stillen Abscheulichkeit zur Antwort selbst geworden zu sein scheinen.

Sonderbar ruhig, so als sei von meinem Ekel nur noch eine Art Müdigkeit geblieben, setze ich mich auf eine niedrige Mauer, die einen kleinen begrünten Platz inmitten der Stadt umgibt. Ja, sage ich, es gibt Leute, die überschreiten die Grenzen auf unterirdischen Wegen und ziehen das Leben, das ihnen anvertraut wurde, durch Schotter und Schlamm, an ihren Kleidern klebt der Lehm, und ihre Augen sind an die Schatten der Erde gewöhnt, und es gibt Leute, die sie unter freiem Himmel überschreiten, immer in sauberen Kleidern, geschniegelt und gebügelt, wie man so sagt. Ich habe mit gesenkter Stimme gesprochen, wie zu mir selbst. Ein Kind mit einem Brot im Arm ist vor mir stehengeblieben und schaut mich neugierig an. Doch ich lächele ihm zu, ich führe mein Selbstgespräch nicht fort, sondern lächele ihm zu, wie jeder es tun würde. Enttäuscht geht das Kind weiter; dann kehrt es noch einmal für einen Augenblick zu mir zurück, mit einem Gesicht, als hätte man es überlistet, und es sieht jetzt aus wie Carrols Gesicht, der sich tief über seine Maschine beugt. Ich sehe die Ereignisse des gestrigen Tages und des heutigen Morgens wieder vor mir, die mich in diese glühende Stadt geführt haben, belanglose, völlig simple Geschehnisse, die im Grunde genommen nicht viel bedeuten. Und wenn man dahinterblickte? Die Zahl und die Zeit, hat Jasminot gesagt. Ja, aber: wir sind eins, und uns quält die schleichende Ungeduld der Zeit.

Wieder betrachte ich die schmerzenden Farben und die stumme Hitze um mich herum. Alles schweigt, und meine Ruhe bleibt. Ich laufe noch ein wenig durch die Stadt. Ich gehe auf den Bahnhof zu, wo sich die Endstation der Busse befindet. Ich wähle einen Platz an einem offenen Fenster. Der Wagen fährt nur kurz durch die heißen Straßen; bald kann man zwischen den bewaldeten Hängen das Meer erkennen. Doch unsere Straße entfernt sich von der Küste, und wir fahren ins Land hinein. Wir werden durch die Hügel fahren und dann durch die Berge. Aber ich kümmere mich nicht um die Zeit, die verstreicht, ich schaue nicht mehr nach draußen. Ein frischer Lufthauch weht über meine Haut, die noch feucht vom Schweiß ist, und mir ist fast kalt. Ich schließe die Augen und tauche ein in die Finsternis.

Am Dorfeingang steige ich aus dem Bus, doch ich gehe nicht in den Ort hinein, sondern schlage einen anderen Weg ein und laufe auf ein ausgedehntes Bambusdikkicht zu, in dem ich gestern vor dem Sturm mein Fahrrad zurückgelassen habe. Ich wollte zu Fuß den Rund-

weg hochsteigen, der zu jenem Punkt des Gebirges
führt, von dem aus man bis zum Meer blicken kann; ich
war auf dem Gipfel, als die ersten Regentropfen fielen,
und bin über eine steile Abkürzung hinabgeeilt, die direkt in den Ortskern führt. Mein Fahrrad liegt noch genauso da, wie ich es zurückgelassen habe, ich ziehe es
unter den Ästen hervor, fahre mit vollem Tempo und
entferne mich mehr und mehr vom Dorf. Bald muß ich
langsamer fahren oder das Rad sogar schieben, je nachdem, wie stark die Steigung ist. Als die Straße endlich
bergab führt, bin ich gut fünftausend Meter vom Dorf
entfernt, das hinter mir verschwindet, verdeckt durch
den Hügel, den ich jetzt hinabfahre, während ich vor
mir schon den nächsten Anstieg erblicke. Dort, wo die
Steigung beginnt, in dem engen, kleinen Tal, auf dessen gelbem, steinigen Grund nur trockene Gräser
wachsen, halte ich einen Augenblick an. Hinter mir
liegt der stille Hügel, sozusagen mit seiner Rückseite,
und nichts läßt erahnen, daß sich auf der anderen Seite
ein Dorf an seinen Hang klammert. Vor mir, hoch oben
auf der Kuppe des Hügels, sehe ich die massigen,
bräunlichen Umrisse des alten Forts und auf dem
Hang, der dorthinführt, deutlich näher zu mir als zum
Gipfel hin, das von einigen Weinstöcken und Oliven-
bäumen umgebene Haus wie in einer Oase inmitten
dieser Dürre. Mein Blick schweift über den von steilen,
trockenen Erdhängen umringten Talschluß; kein Lüft-
chen regt sich hier, zu dieser Stunde ist es noch heiß,
und mein Körper ist wieder in Schweiß gebadet. Dicht
über dem Boden veranstalten Insekten mit ihren trockenen Membranen einen ohrenbetäubenden Lärm. Die

Sonne geht unter; in diesem engen Gesichtskreis kann man sie schon nicht mehr sehen, doch sie hinterläßt ihre blutroten Spuren. Das Bild dieser Landschaft, die sich vor meinem Auge erstreckt, prägt sich mir deutlich ein: könnte ich mich auch darin bewegen, ohne sie zu sehen. Nun kehre ich um, fahre den Weg in entgegengesetzter Richtung zurück. Ich erklimme den stillen Hang des Hügels. Hinter den Biegungen des Weges, den ich hinabfahre, taucht langsam das Dorf wieder vor meinen Augen auf.

Am Bambuswäldchen angelangt, schiebe ich mein Fahrrad wieder unter die Äste.

Ich gehe kurz nach Hause.

Eiligen Schrittes laufe ich dann zum Ortskern.

Ja, jetzt beeile ich mich. Ich beeile mich, um vorwärtszukommen.

Im engen Bistroraum stehen Jasminot, Carrol, Leslie und Ortiguez gemeinsam mit anderen um die Theke herum. Ich reiche jedem die Hand und sehe, wie Carrols Blick voller Zärtlichkeit auf der Jacke ruht, die ich mir zu Hause über die Schultern geworfen habe. Ich ziehe sie wirklich nur selten an, und sie ist sehr hübsch; doch daran habe ich nicht gedacht, als ich sie überzog. Carrol tritt zu mir, seine Hand streift mit einer traurigen, zärtlichen Geste über mein Handgelenk. »Gute Léa«, sagt er. Ich trinke das Glas Wein, das meine Kameraden mir anbieten; und während meine Hand, die das Glas hält, sich Carrols Glas entgegenstreckt, ist es so, als bliebe sie in Wirklichkeit auf dem Tresen liegen, abwartend und regungslos. Der Schwung, den diese

Hand mit dem Glas beschreibt, erscheint mir wie eine gepunktete Linie auf einem Malbogen für Kinder, die man mit einem schwarzen Stift nachzeichnet. Nein, die Hand, die sich hier erhebt, hat keine Bedeutung, und keine Geste zählt, wahr ist hingegen, daß die Hand, die sich erhebt, auf dem Tresen liegt, abwartend und regungslos; und so ist es diese unsichtbare Hand, die mit vollen, schwarzen Linien gezeichnet ist. Jasminot spricht mit mir; alle sprechen mit mir, doch ich höre sie nicht. Ich antworte ihnen, ohne meine Antwort zu hören. Ihre Worte haben in diesem Moment keinerlei Bedeutung. Ich warte darauf, daß die Nacht hereinbricht, daß das Sterben des Tages endlich vollzogen ist. Ich schlüpfe in die Ärmel meiner Jacke; Carrol spielt mit meinem Gürtel, er breitet ihn flach auf der Theke aus, wickelt ihn um sein Handgelenk. »Gib her«, sage ich zu Carrol. Ich schlinge den Gürtel fest um meine Taille und sage den Männern Lebewohl.

Draußen ist es ziemlich finster; doch hier und da zerreißt noch eine durch das Dunkel irrende, fahle Helligkeit die Nacht. So als ginge ich spazieren, bewege ich mich langsam auf das Bambuswäldchen zu. Wie schon am Nachmittag finde ich mein Fahrrad unter den Ästen wieder und fahre dann dieselben Wege bergauf und bergab. Hinter den Bergen, im Herzen der Nacht, liegt noch ein rosaroter Schimmer, verblaßte Farben, die sich aufzulösen beginnen. Meine Fahrt dauert zwei Stunden, vielleicht auch nur einige Minuten; hier spüre ich nichts von der Last der Zeit. Ich lasse das enge, kleine Tal, dessen gelbes Gestein nun ganz erloschen ist, hinter mir und spüre unter meinen Schritten die trockenen Gräser. Am Fuß des ersten Olivenbaums lege ich mein Fahrrad hin. Ein schwaches Licht schimmert in zwei Fenstern rechts und links der Tür. Ich bin ganz leise: Behutsam taste ich mich auf den geflochtenen Sohlen meiner Espadrilles, wie sie die Leute hier tragen, vor. Die Stirn dicht an der Scheibe, spähe ich zwischen den groben Leinenvorhängen hinein: Ein Mann liegt in Kleidern af einer schmalen Pritsche. Er hat ein hageres Gesicht und schwarze Haare, und seine Gesichtszüge sind durchaus hübsch zu nennen. Ein großer, dunkelhäutiger Spanier, manche halten ihn auch für einen Italiener. In diesem Gesicht ist weder Häßlichkeit noch Bosheit, eher ein ganz profaner Leichtsinn. Ein halb gepackter Koffer liegt offen auf dem Tisch, und auf einem Stuhl neben dem Bett steht ein Wecker, so als plane der Mann, im Morgengrauen aufzubrechen und ruhe sich zuvor noch ein wenig aus. Für einen kurzen Moment schließe ich die Augen: Wenn ich weiterführe, über andere Berge hinweg, und am Rande einer Straße Rast machte, würde der Mann an mir vorbeigehen, wieder nach einem Aufbruch, mit einem frischen Geschmack auf den Lippen; sogleich würden sich die ersten Sonnenstrahlen auf meiner Stirn brechen und mein ganzes Herz durchfluten. Die Tür ist neben mir. Doch wenn ich den Türgriff herunterdrückte, in der Hoffnung, er möge nachgeben, welch ein Geräusch gäbe das? Ich schaue erneut ins Haus. An der gegenüberliegenden Wand, neben der Pritsche, steht eine Tür einen Spalt weit auf. Ich gehe um das Haus herum, mich an seinen Mauern entlangtastend.

Das hintere Zimmer liegt in völliger Dunkelheit, die nur vom Türspalt durchbrochen wird, der es mit dem Vorderzimmer verbindet, und ein Fenster ist nicht geschlossen. Vorsichtig stoße ich gegen die lichtlose Scheibe, steige hinein und gehe lautlos durchs Zimmer. Vor der halboffenen Tür bleibe ich einen Augenblick stehen, auf der Schwelle zum vorderen Zimmer; aus der Tasche meiner Jacke ziehe ich das kleine korsische Messer, das du mir gegeben hast. Und ich trete ins Licht.

Ich rufe: »Grozzi.« Er öffnet die Augen, sieht mich im Schleier seines plötzlichen Erwachens, richtet sich halb auf, um meinen Arm zu packen, der jedoch, noch ehe er ihn berührt, auf seine Schulter herabsinkt, wie um ihn zu umschlingen, und so gelangt meine Hand an seinen Rücken, und ich stoße zu. Er zuckt zusammen und fällt schwer auf meinen Arm, den ich mit aller Kraft unter seinem Rücken hervorzuziehen versuche. Er packt mich an den Schultern, um mich zurückzustoßen, doch der jähe Schmerz in seinem Rücken hindert ihn daran, sich wieder aufzurichten, mich weit von sich zu schleudern. Einen Moment lang verharren wir so, er auf dem Rücken liegend, die Arme nach mir ausgestreckt, die Hände gegen meine Schultern gestemmt, während ich mit der ganzen Kraft meines Oberkörpers dem Druck standhalte. Ich ziehe meinen Arm, der endlich befreit ist, an mich, um ihn sogleich an seine Brust zu führen, und stoße zu, stoße, ich weiß nicht wie oft, mitten in seinen Oberkörper, bis seine Wäsche und meine Hände von Blut befleckt sind, bis seine Arme, die meine Schul-

tern halten, an mir herunterfallen, bis sein Kopf langsam von einer Seite auf die andere rollt. Aus seinem
weit aufgerissenen Mund schießt mir drei oder vier
Mal, in langen Abständen, sein Atem entgegen.
Schließlich rührt er sich nicht mehr. Vor meinen Augen klafft der Schlund seines Mundes. Mit den Händen drücke ich seine Kinnlade hoch, und sofort erfaßt
mich ein unermeßlicher Schmerz. Eine ganze Weile
verharre ich so, die Hände an sein Gesicht gepreßt,
während mein Herz sich fügt, während meine Hände
sich in der Starrheit und Kühle des Todes beruhigen.
So hat es sich zugetragen, und es geschah gestern
abend.

Ich trat für einen Moment aus dem Haus; die Dunkelheit umhüllte mich, ich war sehr ruhig, doch ich hätte
mir gewünscht, es würde regnen. Nachdem ich in allen
Winkeln des Gartens und in den Verschlägen gesucht
hatte, fand ich einen großen Spaten mit langem Stiel,
den ich, über die Lenkstange und den Sattel gelegt, auf
meinem Rad befestigte. Dann kehrte ich zu ihm zurück;
sein Gesicht war schon ruhig und schön. Die Decke,
auf der er lag, faltete ich doppelt und umhüllte seinen
Oberkörper damit, erfüllt von der traurigen Liebe, die
mir für die Farbe des Blutes blieb. Ich habe mein Fahrrad geholt, habe es an das Bett gelehnt, seinen Körper
auf das Blatt des Spatens gezogen und ihn mit meinem
Gürtel fest an den Sattel gebunden. So habe ich ihn
durch das Gesträuch und den kleinen Buschwald, der
sich ums Haus herum erstreckte, zu einem Eichenwald
gebracht, in dessen dauerndem Schatten die Erde wei-

cher war. Es muß kurz nach Mitternacht gewesen sein,
kaum später: Es schien mir jene Uhrzeit zu sein, von der
man nicht weiß, ob sie die erste oder die letzte Stunde
des Tages ist.

Mit großer Mühe habe ich ein Loch gegraben, einige
Stunden lang. Obgleich die Erde hier feuchter war,
hätte es für eine solche Arbeit mehr als nur zwei
Frauenarme gebraucht. Dennoch erreichte ich mein
Ziel. Ich habe ihn auf den Grund der aufgewühlten
Erde gelegt; ehe ich die Erdbrocken wieder über ihn
warf, habe ich das Gesicht dieses Mannes, der für mich
keinen Namen hatte, mit einem meiner Taschentücher
bedeckt. Ich verließ den Eichenwald und ging durch die
Sträucher zurück, inmitten einer unendlichen Einsamkeit. Im Haus leuchtete noch immer das Licht. Ich
schuf wieder Ordnung im Zimmer. Ich öffnete einen
Schrank; darin lagen weitere Laken und verschiedene
Dinge, denen ich den Inhalt des Koffers hinzufügte, bis
auf zwei Ausweispapiere, die ich an mich nahm: eine
Art Passierschein in spanischer Sprache auf den Namen
Ferralle und ein in Frankreich ausgestellter Personal-
ausweis für Ausländer auf den Namen Luiggi. Die Pa-
piere auf den Namen Grozzi steckten bestimmt noch in
einer Brieftasche, die er wohl bei sich getragen hatte.
Ich schob den Koffer unter den Schrank und stellte den
Spaten wieder in den Verschlag, an die Stelle, wo ich
ihn gefunden hatte. Schließlich machte ich mich ent-
schlossen auf den Rückweg. Ehe ich die letzte Steigung
in Angriff nahm, warf ich die Ausweispapiere an den
Wegrand; ich entzündete ein Feuer daran, das ich

schnell auf die umliegenden trockenen Gräser über-
springen sah.

Ich hielt nicht mehr an, bis ich am Bambuswäldchen
angelangt war; dort ließ ich mein Fahrrad und kehrte
langsam ins Dorf zurück. Die Kuppe des Hügels er-
glühte schon rot: Über einige Büsche war das Feuer bis
dorthin gelangt. In dieser Gegend war so etwas durchaus alltäglich. Und jene feuerrot schimmernde Farbe
am Rande der Nacht war die einzige, die meine Augen
ertragen konnten, denn über dem Dorf dämmerte
schon ein neuer Morgen, während mich selbst noch der
Tod meines grausamen Tages und mein Erbarmen mit
dem Blut erfüllten.

Heute abend ist Carrol gekommen. »Wie kalt deine
Hände sind«, hat er gesagt. Sie waren weiß und blutleer. Ich habe sie zu Carrols schwarzem Haar empor-
gehoben, und sie sind leblos an mir herabgefallen.
Nachdem ich Carrol durch Germinies düstere Küche
zurückbegleitet hatte, fing ich an, all dies hier nieder-
zuschreiben. Nur mein Tun wollte ich schildern, weniger meine Gedanken. Von meinem eigenen Schmerz
habe ich nicht gesprochen. Ich habe nur die Farben benannt, die meine Augen verletzten, und die Müdigkeit
meiner Arme. Ich habe nur die Fahlheit meiner Hände
beschrieben. Brauchst du denn mehr, um mich zu verstehen?

Jetzt dämmert ein neuer Tag. Bestimmt steht die Jah-
reszeit unter dem Zeichen des Sturms: Er lauert wieder
über dem Dorf. Sollte ein wenig Blut auf den Hügeln
aus Erde und Stein seine Spuren hinterlassen haben, so

wird das Wasser sie alle verwischen. Ich aber schreibe an einem geschützten Ort. Das Wasser wird die Tinte, mit der ich diese Worte für dich niederschreibe, nicht verdünnen; und der Mord wird wie ein Riß für immer in mir sein.

Soll es doch regnen, mein Gott, soll es doch weiter auf meine kalte Heimat herabregnen. Soll doch der alles überflutende Regen jede Farbe und jedes Leben auslöschen. Aber wann wird die Zeit kommen, da wir beieinander sind, auf der Schwelle zu unserem Schattenreich, wo alle Spiele des Tages ihr Ende finden?

Blanche

»Blanche ... Ist mein Hemd gebügelt?«
Keine Antwort. Er ruft noch einmal.
»Blanche!«
Er steht auf dem Treppenabsatz, mit nacktem Oberkörper. Blanche hört nicht. Und er braucht auch nicht
länger zu rufen: Bestimmt hat sie das Hemd nicht gebügelt. Er geht wieder ins Zimmer. Was soll's, dann zieht
er eben das Hemd an, das er am Vortag schon anhatte.
Blanche ist zerstreut, sie vergißt häufig, worum er sie
gebeten hat. Er hätte lieber ein sauberes Hemd angezo-
gen. Es ist ärgerlich, es ist nervtötend: Blanche ist so
zerstreut. In drei Minuten ist er angezogen, hat seine
Krawatte gebunden, die Haare gekämmt. Er eilt die
Treppe hinunter. Mein Überzieher, mein Hut. Er geht
an der Küchentür vorbei und sieht Blanche, die Hand
zum Wandschrank hingestreckt, so als wollte sie ihn
öffnen oder hätte ihn gerade wieder geschlossen.
»Auf Wiedersehen, Blanche. Bis später.«
»Du hast es so eilig ...«
»Ich komme zu spät, auf Wiedersehen.«
»Auf Wiedersehen, Louis.«
Louis geht den Weg zwischen den Hecken entlang.

Ein komischer, dreckiger Weg, voller Schlamm und Wasser. Diese Nacht hat es gestürmt. Louis geht einmal links und einmal rechts, um den Pfützen auszuweichen. Warum in solch einer Gegend wohnen, wenn man eine Parterrewohnung mitten im Ort finden könnte? Aber Blanche hat diese Hütte gewollt. Für ihn bedeutet das zwanzig Minuten Fußmarsch bis zum Notar und ständig verdreckte Schuhe. Wenn man Angestellter bei einem Notar ist, hat man gern saubere Schuhe. Und ein sauberes Hemd. Das ist doch normal, oder etwa nicht? Dabei hatte ich dich darum gebeten, das Hemd fertig zu machen. Schlamm, Pfütze. Hier, dicht an der Hecke, ist es besser. Im Vorbeigehen schnell ein Blättchen aus der Hecke gerupft, auf dem er herumkaut. Ach je, nicht daß mir noch ein bißchen Grün zwischen den Zähnen hängt, wenn ich beim Notar ankomme. Er spuckt das Blatt aus und fährt mit der Zunge über seine Zähne. Es ist schade, Blanche ist sanft, Blanche ist ruhig, und sie ist ganz hübsch, warum ist sie nur so ... nun ja, so dumm. So was, ich habe vergessen ... Rechts niemand, links niemand. Dicht an die Hecke. Pff, das war ja kaum der Rede wert. Einen kleinen Spagat, damit alles wieder an Ort und Stelle rutscht. Ja, sie ist dumm. Wenn jemand mit ihr redet, antwortet sie immer nur mit einem Lächeln. Freundlich ist sie ja. Eigentlich hätte ich wohl etwas Besseres verdient. Ich mag sie gern, na ja, das schon, aber Blanche ist eine dumme Frau. Louis läuft hüpfend die Straße entlang, um den Pfützen auszuweichen. Louis geht weiter und wird immer kleiner, bis er sich schließlich in der Ferne der Straße verliert.

In der Küche ist Blanche vor dem Wandschrank stehengeblieben, die Hand an der Tür, so als hätte sie sie
gerade wieder geschlossen oder als wollte sie sie öffnen.
Sie öffnen oder noch warten. Man muß warten. Wie
lange. Bis endlich wieder Frieden einkehrt.

Sie stand vor dem Tisch, als jener Satz sich durch die
Luftschichten wälzte, sie durcheinanderwirbelte, anstatt durch sie hindurchzugleiten wie ein voller Klang,
ein Pfeil, der nach vorne schnellt. Es hätte so einfach sein
können. Blanche, ist mein Hemd fertig? Ich komme
schon, Louis. Sie hätte das Hemd hochgebracht, hätte
Louis geholfen, seine Manschetten anzulegen, und wäre
wieder hinuntergegangen, Frieden in ihrem Herzen und
um sie herum. Sie stand am Tisch, auf dem das ordentlich gebügelte und zusammengelegte Hemd lag, frisch
gestärkt und appretiert. Sie fuhr mit den Händen über
den Kragen. Ein winziger Faden, der sich im steifen
Stoff des Kragens verfangen hatte, lag unter Blanches
Finger, der suchend über das Leinen fuhr, in der Hoffnung, keinen Makel daran zu finden. Und dann ist der
Satz gekommen. Anstatt die Luftschichten zu durch-
gleiten, hat er sie aufgewühlt. Blanche hat nicht geantwortet. Blanche hat weiter über den Kragen gestrichen,
damit der Faden verschwand. »Blanche!« ... noch mehr
Töne, die die sanften Wellen der Luft durchpflügten, sie
zerrissen. Sie hat nicht geantwortet. Sie hat ihre Hände
schneller über den Kragen gleiten lassen, vollkommen
konzentriert auf ihr Tun. Sie hat den Wandschrank geöffnet, hat das Hemd hineingeschoben und, die Hand
auf der geschlossenen Tür, darauf gewartet, daß Louis
erneut nach ihr ruft. Und daß endlich Frieden einkehrt.

Mein Gott, Frieden. Louis ist an der Küchentür vorbei-
gegangen, mit seinem Überzieher und seinem Hut. Auf
Wiedersehen, Blanche. Jetzt wartet sie. Wartet, daß die
Schichten der Luft sich neu formieren, vernarben, wieder zusammenwachsen, daß die Luft wieder eins wird,
heil und unbewegt und voller Frieden. Sie öffnet wieder den Schrank und betrachtet das Hemd, das weiß
schimmernd und gefaltet auf dem Bügeltuch in einer
Ecke des Wandschranks liegt. Blanche, ist mein Hemd
fertig? Das Hemd nehmen und hinaufbringen ... Ach,
könnte sie doch diesen verpfuschten Moment wieder
zurückholen, ihn zu neuem, vollkommenem Leben er-
wecken. Aber man kann nichts auswischen und wieder
von vorne beginnen. Blanche muß warten, inmitten der
siechen Luft. Auf dem Herd wallt sprudelnd das Wasser in einem Stieltopf auf, zischende Tröpfchen spritzen auf die Herdfläche.

»Ach nein«, sagt Blanche, »einen Moment noch.«

Wieder betrachtet sie das Hemd, sie schließt den
Schrank und verharrt davor, die Hand auf der Tür, bereit, sie erneut zu öffnen. Doch der Wassertopf ruft
weiter nach ihr:

»Ja«, sagt Blanche, »ich komme.«

Sie nimmt den Stieltopf, kippt das Wasser in ein Bek-
ken, füllt den Topf erneut und stellt ihn wieder aufs
Feuer. Sie fängt an, das Geschirr zu spülen. Als sie den
Topf über dem Spülbecken ausgekippt hat, ist Wasser
über seinen Boden gelaufen, und sofort beginnt er wieder zu zischen. Es ist ein anhaltendes Zischen, von lau-
ter einzelnen platzenden Tropfen. Man könnte meinen,
der Topf sei durchlöchert.

»Du machst mich wahnsinnig«, sagt Blanche.

Schließlich hat das Feuer das Wasser verschlungen, und das Geräusch erstirbt. Es ist wieder still, und in der Stille senkt sich alles Leid, das in der Luft liegt, auf Blanche herab. Mit beiden Händen packt sie den vollen Topf, taucht seinen Boden ins Spülbecken und stellt ihn wieder auf den Herd.

»Du hattest recht«, sagt sie. »Mach weiter.«

Blanche trocknet die Teller ab. Sie fährt mit dem Geschirrtuch durch die Vertiefung des Tellers, dann über den Boden. Exakt dieselben Gesten für jeden von ihnen, und auch nicht mehr und nicht weniger für diesen angeschlagenen, den Blanche in die Mitte des Stapels schiebt: Ein Unglück sollte man nicht zur Schau stellen. Obwohl er ja, ob er nun heil ist oder gesprungen, letztlich doch wie die anderen enden wird: in Scherben im Abfall. In der Mühle wird alles zu Mehl. In der letzten Tellermühle. Zu Mehl, und damit basta. In der letzten Mühle. Am Endpunkt. Nein, so etwas sollte ich nicht denken, während ich diese Kasserolle abtrockne. Denn wenn mich solche Gedanken erfüllen, wird auch jede meiner Gesten von diesen Gedanken erfüllt sein, die Spuren meiner Gesten bleiben an der Kasserolle haften, und wenn sie wieder an ihrem Platz im Regal steht, beladen mit allem Unglück der Welt, wird sie es ausdünsten und verbreiten wie eine Flüssigkeit ... Blanche beginnt von neuem, die fast trockene Kasserolle abzutrocknen, bemüht, ihren Gesten etwas Belangloses, Natürliches zu verleihen. Sie reibt mit dem Geschirrtuch darüber, reibt noch einmal über den Emailrand. In der letzten Mühle. Nein, reibe weiter.

Am Endpunkt. Nein, reibe, reibe, reibe. Und plötzlich ein Wogen, das vor ihr ansteigt, eine verschwommene Unendlichkeit, die sich ergießt. Eine Flut an Bildern, ein Drunter und Drüber, Satzfetzen, dumpfe Klagen, und das Bild eines Kindes, eines Kinderkörpers auf Männerarmen. Madame, das Kind spielte auf dem Feld, es wollte zurückkommen, der Lastwagen hat es überfahren. Madame, der Hund hat das Kind gebissen, hat in den Hals des Kindes gebissen. Erinnerst du dich an jenen Mann, der auf dem Laster lag, mit offenem Mund, das verbogene Fahrrad neben sich. Alltägliche Vorkommnisse wie in allen Städten der Welt, eins zieht das andere nach sich wie die Glieder einer Kette, herbeigerufen durch Blanches Hand, die über die Kasserolle fährt, die immer stärker glänzt. Mit einem Mal hält Blanche inne, die Hand erstarrt auf der Kasserolle, die sie an sich drückt. Ah, soll er doch aufhören, dieser Moment der Gefahr, der sich so, wie er ist, in die Schicksalskette einfügen ließe. Dieser Moment, den Blanche zum Glück alleine erweckt hat und jederzeit wieder heraufbeschwören kann. Soll der Moment doch vorübergehen. Soll er doch vorübergehen. Die Kasserolle ist jetzt blitzsauber, doch der Ragoutrest, den sie enthielt, ist dort auf einem Teller. Blanche kippt das Ragout in die Kasserolle und stellt sie wieder auf eine Ecke des Herds, wo sie schon stand, als der Moment begann. Soll sie doch warten. Alles muß noch einmal gemacht werden. Blanche fährt mit der Hand über ihre Stirn, über ihr ganzes Gesicht. Oh, mein Gott, gib mir doch nur einen Moment des Friedens.

Blanche öffnet die Tür, die zum Garten führt. Warten ... Aber es bleibt noch soviel zu tun, ehe Louis und das Kind nach Hause kommen. Um keine Zeit zu verlieren, wird sie den Lauch für die Suppe aus dem Garten holen. Mit dem Spaten gräbt sie die Lauchstangen zur Hälfte aus. Dann zieht sie sie eine nach der anderen heraus. Sie ist jetzt ruhiger; weil sie auf dem Boden kniet und die an den Lauchstangen klebenden Erdklumpen sich leicht mit der Hand abbröckeln lassen. Ein roter, durchsichtiger Wurm ringelt sich mühsam aus der Erde. Sie hätte ihn mit dem Spaten zweiteilen können. Beinahe hätte sie das Tier in die letzte Mühle der Regenwürmer geschickt. Blanche lacht: Sie hat die Erde um den Wurm herum zerhackt und betrachtet ihn, wie er sich, durch und durch lebendig, in ihrer hohlen, mit Erde bedeckten Hand bewegt. Den Lauch hat sie am Rand des Weges auf einen Haufen geworfen. Auf dem viereckigen Stückchen Garten, das sie umgegraben hat, zerdrückt sie die dicksten Erdklumpen, streicht alles mit den Händen glatt und richtet sich wieder auf. Sie hebt das Gemüse auf und geht zur Küche. Einen Moment lang verweilt Blanche auf der Türschwelle, ihr Lauchbündel im Arm.

Vor ihr, jenseits der Hecke, liegen eine Wiese und ein Weg, und jenseits der Wiese und des Weges erstreckt sich ein großes Kornfeld. Die Ähren stehen hoch und aufrecht, als hätte ihre eigene Kraft sie erstarren lassen, in der Hitze der Sonne. Über ihnen dehnt sich der Himmel, erhaben und mächtig. Blanche betrachtet das Kornfeld, und dann den Himmel, und wieder das Feld, und den Himmel. Ungeschützt richtet sie ihre weit geöffneten Augen auf das leuchtende Korn, auf den Sommerhimmel. Unter Blanches brennenden Blicken verschmelzen Feld und Himmel, die Sonne schickt ihre weiten Strahlen, die sich bald zu Funkengarben winden, bald in Streifen herabfließen, und die Sonne selbst gleitet kreisend auf das Kornfeld zu. Es ist ein gelbes, feuriges Chaos, ein wirbelndes Wunder an Hitze, das über die ganze Erde hereinbrechen wird, nicht wie eine verheerende Gewalt, sondern um die Erde zu umschließen und sie mit dem Himmel und dem Feuer zu verschmelzen, damit Erde und Himmel und das ganze Universum eins werden. Gott, sagt Blanche, mein Gott, bist du da? Bist du selbst jene Gewalt, bist du nichts anderes? Oder bist du anderswo, ferner, jenseits dieser Gewalt, hängt sie von deinem Willen ab? Oder ist dies nichts weiter als mein verbrannter Blick? Gott, wo ist dein Zeichen? Ihre Augen beruhigen sich, erholen sich, indem sie sich auf die grüne, nähergelegene Wiese richten, auf der eine Kuh herumtrottet. Eine ruhige, brave Kuh, und Blanche verspürt den Wunsch, auf sie zuzugehen und ihr über den Kopf zu streicheln. Sie würde auf die Wiese gehen, sie würde den gehörnten Kopf des Tieres tätscheln: »Arme Kuh, so ruhig und brav und in Wahrheit so einsam.« Die Augen noch voller Licht, beginnt Blanche zu lachen, schallend zu lachen, denn sie stellt sich vor, wie sie so zu der Kuh spricht, und was die Leute von ihr denken würden, wenn sie sie so sähen. Sie lacht weiter, dann unterbricht sie sich plötzlich und sagt: »Nun aber los, ich muß die Wäsche waschen.« Sie dreht sich um, geht in die Küche und schickt sich an, den Zuber hochzuheben. Aber vielleicht wäre es besser, zuerst ... Sie betrachtet die

Kasserolle, die auf dem Herdrand steht. Sie schüttet das Ragout wie beim ersten Mal auf einen Teller und spült die Kasserolle erneut, behutsam und mit friedlichem Gesicht. Sie trocknet sie lange ab, aufmerksam auf jede ihrer Gesten bedacht. Die Kasserolle ist sauber, Blanche stellt sie ins Regal, neben die anderen Töpfe. Noch einmal schaut sie darauf: Jetzt siehst du gut aus; bewahre dir die Flecken, die meine glühenden Augen in dich gebrannt haben; schließe sie in dir ein, jene grünen, gelben und roten Flecken, laß dein Email sie fest umschlingen; in dir verwahrt, werden sie dich wie ein erquickender Heiligenschein umstrahlen . . . Guten Tag, Maman, ich bring mein Zeugnis mit; außerdem hab ich Hunger, gib mir schnell ein bißchen Brot und Marmelade . . . Blanche hat den Zuber draußen auf den hölzernen Dreifuß gestellt und begonnen, die Wäsche zu waschen. Sie beeilt sich; bis heute abend muß sie die Wäsche spülen, bläuen und aufhängen, muß sie das Gemüse putzen, die Suppe kochen. Und wieder Feuer machen. Nicht mit einem Blasebalg, wie manche es tun, sondern mit ihrem eigenen Atem. Vor der Öffnung kniend, durch die man das Feuer schürt, wird sie ihm die Luft ihrer Lungen entgegenblasen: Durch mich soll das Feuer sein, und durch das Feuer soll ich sein. So besteht mein Leben aus tausenderlei Aufgaben. Aus tausenderlei Übereinkünften mit dem Wasser, dem Email, der Seife, der Luft, dem Feuer. Und alles ist gut so. Aufgaben, die zu erfüllen sind, damit das Haus sauber ist, damit Louis und das Kind ein fertiges Essen vorfinden.

Während Blanche die Wäsche wäscht, sieht sie sich selbst vor sich: Blanche, die die Wäsche wäscht, und, obwohl sie sich nicht von ihrem Dreifuß entfernt, Blanche, die ins Feuer bläst, den Ragouttopf spült, die Sonne betrachtet, den Herd blank reibt. Hier ist mein Platz, zwischen dem Feuer, dem Wasser, dem Eisen, der Erde, dem Holz ... Hier bin ich eins mit mir, ich, Blanche. Hier ist meine Aufgabe. Und ich muß sie erfüllen, sonst verliere ich meinen Platz im Universum. Ich, Blanche ... Meine Beine, mein Kopf, meine Arme ... Und als wollte sie sich einen besseren Begriff von sich selbst machen, hebt sie die Arme und streckt sich ein wenig nach hinten. Da steht Blanche, ihr dunkles, wildes Gesicht umrahmt von den erhobenen Armen, an denen das Seifenwasser herabrinnt, ihr Oberkörper gestreckt unter dem rosa Leinenkittel. Ich, Blanche, die ich niemals wissen werde, wer ich bin. Sie läßt die Arme herabsinken, taucht die Hände wieder ins lauwarme Wasser und verharrt mit gesenktem Kopf und bewegungslosen Händen, den Blick auf den Schaum gerichtet, der sich leise knisternd an ihren Handgelenken auflöst. Ich, Blanche, die ich niemals wissen werde, ob ich verrückt bin oder nicht.

Das Kind und Louis sind heimgekehrt. Sie haben eine ordentliche Küche und einen gedeckten Tisch vorgefunden. Nach dem Abendessen hat Blanche das Geschirr gespült und weggeräumt. Jetzt liest Louis die auf dem Tisch ausgebreitete Zeitung, und das Kind schneidet ein Bild aus. Blanche sitzt bei ihnen, sie stopft einen Wollstrumpf.

»Blanche«, sagt Louis, »hast du nicht ein Glas Bier für mich?«

Blanche steht auf und bringt ihm das Bier.

»Blanche«, sagt Louis, »hast du auch nicht vergessen, mein Hemd zu bügeln?«

»Es ist fertig«, sagt Blanche. »Es ist im Wandschrank.«

Er beugt sich wieder über seine Zeitung. Blanche hat aufs neue den Strumpf in die Hand genommen.

»Blanche«, sagt Louis.

Sie mag diesen leeren Namen nicht. Blanche, das bedeutet weiß, und sie mag diese Farbe nicht. Sie trägt niemals weiße Kleider. Sie mag keine weißen Rosen, sie mag rote Rosen. Sie mag keine weißen Haare, sie mag schwarze Haare. Sie mag den Schnee nicht, der die Farben der Erde verbirgt und alles Leben überdeckt.

»Blanche«, sagt Louis.

Warum ruft er mich bei diesem Totennamen?

Sie schaut um sich und betrachtet den Herd, die Spüle, den Wandschrank und die auf einen Haufen gelegte Wäsche, die sie noch feucht hereinholen mußte, weil ein Sommergewitter plötzlich den Himmel verfinsterte, sie betrachtet Louis und das Kind. All diese Gegenstände, der Mann und das Kind in diesem Raum geben ein so merkwürdiges Bild ab. Dabei haben doch ein Mann, der Zeitung liest, und ein Kind, das ein Bild ausschneidet, überhaupt nichts Trauriges oder Beängstigendes an sich. Blanche betrachtet sie weiter: Liebt sie diesen Mann und dieses Kind denn nicht? Sie liebt sie. So sehr, daß sie sich für sie ins Feuer oder in jeden Abgrund stürzen würde. Und genau darin liegt das Tragische dessen, was sie sieht. Sonst könnte sie die beiden mit Rührung betrachten und sich vorstellen, wie sie ihnen sanft über den Kopf streichelt, »armer, guter Mann, armes, gutes Kind«. Jeder an einem Ende des Küchentisches, ein Mann, der eine Zeitung liest, ein Kind, das ein Bild ausschneidet. »Blanche«, sagt Louis.

Ah, sie hätte dieses Hemd einweichen und nochmals einweichen, kochen und nochmals kochen sollen. Liegt es am Himmel, der sich verfinstert hat, oder an ihrem Namen, den man ausradieren müßte, damit sie Jeanne oder Marguerite heißen könnte, oder liegt es an ihrem Herzen, ihrem eigenen Herzen, das man zermalmen müßte, zermalmen ... Es nützt auch nichts zu schreien oder leise zu weinen, und es nützt nichts, die Kasserolle zu betrachten, die sich weigert, Blanche ihre leuchtenden Flecken zu offenbaren. So heißt es warten, daß die Zeit vergeht. Daß die Zeit über sie hinweggeht, über den Mann, der die Zeitung liest, über das Kind, das ein Bild ausschneidet. Wird sich denn nichts ereignen, wird es keine Farbe, keinen Duft geben, der sie befreien wird? Gleich wird Louis sagen: Blanche, es ist Zeit, schlafen zu gehen. Und jenes Gefühl der Verzweiflung wird ihr die Brust zuschnüren, sie wird nicht mehr ihren ruhigen Blick auf die Dinge richten können, und auch von ihnen wird ihr kein heimliches Einverständnis mehr entgegengeschlagen. Die ganze Nacht wird sie mit offenen Augen im Dunkel liegen, angstvoll ihr Herz erforschend. Wird sich denn nichts ereignen, wird es nicht ein einziges Zeichen geben? Der Strumpf liegt in ihren Händen, und durch das Loch sieht sie wie ein weißes Fenster das Stopfei, das sie hineingeschoben hat. Nichts, kein einziges Zeichen. Und bald wird Louis sagen ... Plötzlich legt sie den Strumpf auf den Tisch.

»Ich habe vergessen, Milch zu holen. Kommst du mit mir, Jean-Louis?«

»Au ja, Maman.«

»Um diese Uhrzeit?« sagt Louis.

»Der Bauer ist noch nicht im Bett«, sagt Blanche. »Wir brauchen Milch fürs Frühstück.«

»Nimm das Kind nicht mit«, sagt Louis. »Es regnet vielleicht noch.«

»Es ist nicht kalt«, sagt Blanche.

Sie zieht dem Kind einen Regenmantel mit einer spitzen Kapuze an, schlingt sich ein Dreiecktuch um die Schultern und geht mit dem Kind hinaus.

Louis trinkt den Rest seines Bieres. Er stellt das Glas ab, zuckt mit den Schultern. Jetzt vergißt sie sogar, die Milch zu holen. Apropos, ich werde mein Hemd nehmen und gleich ins Schlafzimmer hochbringen. Er geht zum Wandschrank und nimmt sein Hemd heraus. Er schickt sich an, den Schrank wieder zu schließen; da sieht er voller Verwunderung eine Schüssel voll abgekochter Milch.

»Daß sie vergißt, die Milch zu holen, mag ja noch angehen«, sagt Louis, »aber daß sie vergißt, daß sie die Milch schon geholt hat, ist wirklich zu dämlich.«

Blanche geht auf dem Weg voran, das Kind an der Hand. Es regnet noch ein paar Tropfen, aber die Luft ist lau und hält die Erinnerung an die Hitze des Tages wach.

»Sollen wir durch den Wald gehen?« fragt Blanche.

»Es ist so dunkel, da hab ich Angst«, sagt Jean-Louis.

»Du brauchst doch vor einem Wald keine Angst zu

haben. Außerdem werden wir vielleicht ein paar Eichhörnchen sehen«, sagt Blanche.

»Eichhörnchen? Na gut«, sagt Jean-Louis.

Der Waldboden war weich und feucht. Blanche
drückte die warme Hand des Kindes und schritt mit
großen, ruhigen Schritten in dieser düsteren, nassen
Welt voran. Nur ihre leichten Schritte und die Wassertropfen auf den Blättern durchbrachen die Stille. Blanche setzte sich vor den Stamm eines Baumes auf die
nackte, feuchte Erde. Sie schlang den Regenmantel
dichter um das Kind, das sie auf ihre Knie nahm.

»Ruh dich aus«, sagte Blanche, »schließ die Augen.
Dann kommen die Eichhörnchen und stecken dir
Nüsse in die Taschen.«

Um sie herum waren die Bäume hoch; zwischen ihrem Blattwerk sah sie die Wolken in ihrem langsamen
Lauf hindurchschimmern.

»Maman«, sagt Jean-Louis.

Sie schloß das Kind in ihre Arme.

So fühlte sie sich wohl, mit der Erde, den Bäumen,
den Wolken. In den dunklen Umrissen des Regenman-
tels auf ihren Knien zeichnete sich wie ein weißlicher
Fleck das Gesicht des Kindes ab. So dicht über ihm
nahm sie den sanften Duft des nassen Wollstoffs wahr,
und in dem bleichen Fleck roch sie, wenn sie mit ihrer
Wange zärtlich seine Stirn und sein Haar berührte, den
Duft ihres kleinen Jungen. Das Kind begann leise zu
schnarchen. Blanche lehnte ihren Kopf an die Rinde des
Baums. Wieder betrachtete sie den Himmel. Ja, so
fühlte sie sich wohl. Langsam stieg ein Gefühl des Friedens in ihr hoch, der Frieden dieser nassen Welt des

Waldes und des Himmels. Kein glücklicher, leichter Frieden. Nichts war glücklich und leicht, weder in Blanche noch um sie herum. Sondern ein lodernder Frieden, der bedeutete: Alles ist gut so; die Wahrheit ist verborgen, aber einfach und mächtig wie der Baum, wie der Himmel; das Leben spinnt sich über dunklen und schlichten Mächten wie die feuchte Erde, wie der Himmel, wie die Zärtlichkeit des Fleisches, wie die Liebe. In meinem Leben gibt es den Baum und den Himmel, gibt es das Wasser, die Erde, die Luft, gibt es das Kind, gibt es Louis. Mein Leben ist schön. Sie beugte sich über das Kind, lauschte seinem Atem, spreizte ein wenig die Beine, damit es sich besser in ihren breiten Schoß kuscheln konnte. Die Wolken gaben den Mond frei, dessen Licht auf Blanches wildes Gesicht und auf das schlafende Kind fiel. Blanche sah die vor Nässe glitzernden Blätter, und wieder senkte sich die Dunkelheit herab. Aber wird es in meinem Leben jemals die Liebe geben? Denn die Liebe wäre ... Sie schloß die Augen. Jetzt zum Beispiel, hier im Wald, würde ein Mann auf sie zukommen. Er wäre jung und stark. Er trüge eine Jacke aus Leder oder Samt und eine Hose, die von einem breiten, tief um die Hüften geschlungenen Stoffgürtel gehalten würde. Warum wäre er gerade so angezogen? Weil ich ihn mir so vorstelle. Und weil diese Kleidung mir gefällt. Er würde sich vor mich stellen, und wir würden einander mit ernstem Blick ansehen. Er würde sagen: »Leg dein Kind hin.« Ich würde das Kind auf die nackte Erde legen. Er würde es mit seiner Jacke zudecken: »Die Kinder der Frauen sollen nicht frieren«, würde er sagen. Auf dem Laub des Waldes würde er mich nehmen, im Schweigen der Nacht. Und Schweigen würde herrschen zwischen ihm und mir. Unsere Umarmung würde uns die Seele des Baumes, des Wassers, des Himmels, der Luft und des Korns unter der Sonne schenken. So als berührten wir den Kern des Lebens selbst. So als weilten wir für die Dauer unserer Liebe im Herzen des Universums. Dann würde er nichts zu mir sagen, weder daß er mich liebt, noch daß er mich hübsch findet. Er würde die Blätter, die sich in meinem Haar verfangen hätten, entfernen. Er würde mir nichts aus seinem Leben erzählen und ich ihm nichts aus meinem. Er würde sagen: »Geh jetzt. Du bist meine Frau, für mein ganzes Leben und für dein ganzes Leben. Und vielleicht noch viel länger. Sollte es aufs neue geschehen, daß wir am selben Tag durch den Wald gehen, werden wir wieder zusammenkommen. Und unsere Umarmung wird die gleiche sein. Mehr werden wir uns nicht geben können. Denn es gibt nicht mehr auf der Welt, als gemeinsam für einen Augenblick im Herzen des Universums gewesen zu sein.« Er würde fortgehen. Ich würde ihn wiedersehen, oder ich würde ihn nicht wiedersehen. Und fortan gäbe es die Liebe in meinem Leben.

Im Wald herrschte tiefer Frieden. Blanche spürte den Baum hinter sich wie eine lebendige Stütze, und das Kind in ihrem Schoß war warm wie ein Nest. Die Schichten der Luft waren unversehrt, von keinerlei Narben gezeichnet und aufs feinste mit der grenzenlosen Nacht verwoben. Sie konnte nach Hause gehen. Louis wird sagen: »Es ist Zeit, schlafen zu gehen.« Sie wird sagen: »Ja, Louis.« Ihr Blick wird lange und voller

Einvernehmen auf dem Tisch ruhen, dem Herd, der Kohle im Eimer, der lichtumstrahlten Kasserolle. Das Kind auf ihren Knien bewegte sich und murmelte im Schlaf ein unverständliches Wort. Er hat »froh« gesagt, dachte Blanche. Vielleicht hatte sie es auch falsch verstanden, es konnte auch »wo« bedeutet haben oder »so«, wenn es nicht einfach ein »oh« der Bewunderung oder des Schmerzes gewesen war.

»Wovon träumst du?« fragte Blanche leise. »Bist du glücklich, oder bist du traurig? Antworte doch, Jean-Louis ...«

Die Träume helfen mir, dachte Blanche. Ihr Kind wachte nicht auf. Sie erhob sich, das Kind weiter auf ihren Armen tragend, und so schritt sie über die feuchte Erde, zwischen den hohen Bäumen voran.

Lavendelfelder

René durchquerte den kleinen Raum, hob den zerrrissenen Vorhang hoch und blieb vor dem nach hinten geneigten Kopf, der auf dem Becken aus Weißblech lag, stehen. Er nahm von der flüssigen Seife und begann sie zu verteilen, nahm noch ein bißchen mehr, wusch und massierte langsam, mit beiden Händen. Unter seinen Fingern spürte er wie immer die cremige Seife; doch darunter entdeckten seine Finger etwas Zartes, das anders war, verborgener, die Zartheit von ungewöhnlich feinem Haar. Die Minuten verstrichen, durch das Fenster betrachtete er die weiten Flächen von Sand und Gestein mit ihren struppigen Grasbüscheln. Seine Finger streichelten weiter über jene neuentdeckte Zartheit, er dachte an nichts, die Minuten vergingen, er fand kein Ende.

»Wie lang das dauert«, sagte die Stimme.

»Ja, ja, ich bin fertig«, sagte René.

Er sah das nach oben gewandte Gesicht mit den geschlossenen Augen kaum an, ein unnahbares Gesicht. Er spülte nach, schob das Standbecken zur Seite und nahm ein Handtuch zum Abtrocknen. In seinen Händen lag nun wie hingegossen ein nasses Gewirr aus hellen, glatten Haaren, die er ausbreitete, kämmte, ausbreitete. Zerstreut fragte er:

»Welches Haarwasser?«

Und er nannte die Namen und Marken. Sie wollte nichts davon. Da begann er, seine Ware wortreich anzupreisen, so wie es ihm der Meister nahegelegt hatte.

Die Stimme sagte, so als wollte sie dem ein Ende bereiten:

»Ein wenig reinen Lavendel.«

Lavendel wurde nie verlangt. Er ging zu einem Wandschrank, fand eine volle Flasche, die mit einem handbeschrifteten Etikett versehen war.

»Den habe ich nur in der großen Flasche«, sagte er.

»Gut«, sagte sie.

Er goß das Parfüm auf ihr Haar; alles, was er roch, war Alkohol.

»Ich werde den Meister holen«, sagte er, »für die Wasserwelle.«

»Das ist nicht nötig«, sagte sie. »Trocknen Sie sie so.«

So trocknen, das kam unerwartet. Mit der Haube würde es nicht gehen; wenn er die Haare nicht aufdrehte, wären sie nur teilweise im Warmen. Er mußte also den Handfön benutzen, wie bei einem kleinen Mädchen. Und es würde mindestens eine halbe Stunde dauern. Er nahm den Fön.

Bald fuhr er mit dem warmen Luftstrom kreuz und quer über das Haar, bald ließ er ihn für einen Moment an derselben Stelle verweilen und sah dann, wie die Strähne immer leichter wurde, sich wieder zu kräuseln begann und sanft umherwirbelte. Langsam stieg ein

Duft auf. Nicht mehr nach Alkohol, sondern nach Lavendel. Der Duft stieg auf, fesselte ihn und durchdrang ihn ganz und gar. Da steht er nun, den schweren Fön in der Hand. Und da das Geräusch ein wenig so klingt, wenn auch vollkommen anders, sieht er sich im Geiste, wie er, René, in der Waffenfabrik an seiner Maschine steht, das Werkstück schleift und um ihn herum der Geruch nach Schmieröl aufsteigt. Doch inmitten des Ölgeruchs stehen ihm alle Einzelheiten klar vor Augen: Er weiß, daß er den Hebel mit dem roten Griff herunterdrücken muß, daß der Vorgang drei Minuten dauern muß, er weiß, daß in einer halben Stunde die Arbeit ruhen wird, daß er mit den anderen Brotzeit machen wird. Jetzt, inmitten des Lavendeldufts, fühlt er sich wie in einer Wolke. In dieser Wolke gibt es nichts anderes als den Duft und dieses zarte Haargewirr, das er mit der linken Hand anhebt. Die feinen Haare flatterten golden verschlungen im warmen Luftstrom. Er befühlte sie, hob sie an, durchwühlte sie sanft. Er breitete sie fächerförmig über den Schultern aus, hob sie wie ein Vlies zum Licht empor, und das Gewirr wurde hell und lebendig, und zwischen seinen Wellen stieg triumphierend jener Duft hoch. Da sah er sie, so als würden sie dort auf diesem Haar zum Leben erwachen, zarte Lavendelstiele, blaue Halme. Einige wenige zunächst und dann eine unendliche, blau wogende Menge. Vor ihm, oder auch anderswo, er wußte es nicht. Hier oder in unbekannten Weiten sah er Lavendelsträucher, ausgedehnte, grenzenlose Felder.

»Das dauert aber lange.«

Ja richtig, ganz nah bei diesem Haar war auch ein

Gesicht. Ein Gesicht, das er im Spiegel sehen konnte, und die Augen darin waren nun geöffnet. Er beugte sich über diese Augen, die so dicht bei ihm waren. Sie richteten sich auf nichts Erkennbares, weder auf den Spiegel vor ihnen noch auf die Gegenstände, die er reflektierte, sie starrten einfach im Spiegel auf einen verschwommenen Punkt. Sie waren blaßblau, mit einem Stich ins Violette. Sie waren lavendelblau. Und er, René, abgeschnitten von der Welt, befand sich mitten in einer Wolke, umgeben von Lavendelduft, Lavendelaugen, Lavendelfeldern. Grenzenlosen Feldern. Und je mehr ihm die Wolke davon bot, desto begieriger wurde er darauf. Was bedeutete es schon, daß sie gesprochen hatte. In seiner Geste erstarrt, stand er da und hielt den Fön auf die wirbelnden Haare. Sie selbst war völlig bewegungslos, mit in sich gekehrtem Blick. Er betrachtete ihr ebenmäßiges, undurchdringliches Gesicht. Die hiesige Sonne hatte ihm Farbe gegeben, die Haut war rosa und braun. Der kleine Frisierumhang aus weißem Tuch verbarg ihre Schultern und ihre Taille. Er sah den weiten, blauen Leinenrock, der ihr bis zu den Knien reichte, und die nackten Beine, die glatt, braun und sehr schön waren. Was wollte sie bloß hier, diese Frau. In diesem abgelegenen Dorf, in dem es einen einzigen langweiligen Gasthof gab. Was wollte sie hier beim Dorffriseur, zu dem sonst nur die Mädchen aus der Umgebung kamen, wenn sie sich schönmachen wollten. Undurchdringlich, mit in sich gekehrtem Blick. Ein wenig reinen Lavendel. Trocknen Sie sie so. Mit ihrer langsamen, unschuldigen Stimme. Konnte sie nicht einfach reden wie jedermann? Sagen, daß das

Wetter schön sei oder schlecht, daß die See ruhig sei oder stürmisch, daß sie ihr Haar schön in Wellen gelegt haben wolle, und bitte mit viel Brillantine. Sie war eine sonderbare Frau, eine böse Frau. Er spürte einen unsinnigen Zorn in sich hochsteigen, so als hätte er getrunken. Und inmitten seiner Wolke tat er eine unbedachte Geste, die ebenso unsinnig war wie sein Zorn; zärtlich und zugleich voller Rachegelüste beugte er sich plötzlich über das undurchdringliche Gesicht und küßte es. Als er sich wieder aufrichtete, errötete er vor Scham und Angst. War er plötzlich verrückt geworden? Sie würde sich ärgern, würde nach jemandem rufen, die Wolke würde zerplatzen, und er wäre in einer grotesken Situation.

Sie blieb unbeweglich; im Spiegel sah er ihr Gesicht, auf dem sich weder Wut noch ein Lächeln zeigte; er sah ihre blau-violetten Augen, die in sich selbst versunken waren. Und wieder erstreckten sich vor ihm jene unendlichen, blauen Weiten, die ein leiser Windhauch erbeben ließ. Er beugte sich zu ihrem Haar herab und berührte es mit der Hand, er küßte erneut ihr Gesicht, blickte ihr direkt in die lavendelblauen Augen und sagte: »Küß mich«. Es war so, als hätte sie ihn nicht gehört. Er küßte sie, und sie legte ihre Hände auf seine Schultern, so als fände sie einfach, daß dies eine hübsche Geste sei. So strich er ihr mit beiden Händen das Haar glatt und schob es auf eine zärtliche, vertrauliche Weise straff hinter ihre Ohren. Sie ließ es geschehen. Doch mein Gott, immer noch kein Lächeln auf ihrem Gesicht. Er sagte: »Könnten Sie nicht heute abend, ge-

gen sechs, zu dem Steinweg kommen, der zum Meer
führt?«

»Ja«, sagte sie.

Er richtete sich wieder auf, kämmte ihr behutsam das
Haar und zog in der Mitte einen sauberen Scheitel.

»Ist es gut so?« sagte er.

»Sehr gut«, sagte sie.

Er half ihr, den Umhang aufzuknoten; er sah das
ganze Kleid, blaues Leinen. Sie nahm ihre Tasche, sie
würde gehen. Er sagte: »Werden Sie wirklich kommen? Sie sollten nämlich nicht sagen, daß Sie kommen,
wenn Sie jetzt schon wissen, daß es nicht stimmt.«

Er ließ den alten, zerrissenen Vorhang an der Stange
zurückgleiten und rief den Meister. Sie ging auf den
Ladentisch zu. Sie ging fort.

»Wie das riecht«, sagte der Meister. »Was hast du ihr
ins Haar getan?«

»Lavendel«, sagte René.

Der Meister sah die angebrochene Flasche, die auf
dem Waschbecken zurückgeblieben war.

»Himmel noch mal, das ist ein Extrakt. Das hat mir
mal jemand verkauft. Davon braucht man nur ein paar
Tropfen, aber verdünnt.«

»Ah«, sagte René.

»Eigentlich hätte das teurer berechnet werden müssen«, sagte der Meister.

»Ich zahle dir die Differenz«, sagte René.

»Laß gut sein, du kannst den nächsten drannehmen«,
sagte der Meister.

Der nächste war ein kleiner Junge mit langen, glatten
Haaren.

Er ging langsam, die Luft war schwer, und es war besser, wenn er sich nicht beeilte, denn es war noch nicht sechs. Jetzt fühlte er sich wohler; er war diesen weißen Kittel los und trug seinen Pullover und seine Hosen aus grobem Leinen. Er sah Luco, der auf dem Boden sitzend seine Netze ausbesserte.

»Na, Luco?«

»Ich mach jetzt Schluß, es wird ein schöner Abend werden. Und du, wohin gehst du?«

»Ich weiß nicht. Hierhin und dorthin.«

Er setzte seinen Weg fort und bog in den Steinweg ein. Sollte er im Stehen warten oder sich lieber hinsetzen? Er würde bis zum Ende des Weges laufen, wieder hierher zurückkehren und immer so weiter, als würde er spazierengehen. Er tat ein paar Schritte, da sah er sie, wie sie am Wegrand im Sand saß.

»Ich dachte wirklich, daß Sie nicht kommen würden«, sagte er.

»Warum?« sagte sie.

Er wußte keine Antwort. Sie saß, und er stand vor ihr.

»Sollen wir ein bißchen spazierengehen?« sagte er.

Sie gingen ein paar Schritte. Auf einen aufgerissenen länglichen Haufen übereinandergeworfener Felsbrokken am Ende des Weges deutend, sagte er:

»Sehen Sie, das war eine flache Mole, die weit ins Meer reichte. Aber sie ist vermint worden, und alles ist in die Luft geflogen. Sollen wir drüber klettern? Das macht Spaß.«

Während er, immer an ihrer Seite, mühelos von einem Stein zum nächsten sprang, reichte er ihr die Hand, um ihr zu helfen. Er wünschte, ein falscher Tritt

ließe sie straucheln und in seine Arme fallen, doch sie
kam sehr gut alleine zurecht. Am äußersten Zipfel der
zertrümmerten Mole setzten sie sich auf einen großen,
etwas tiefer liegenden Bruchstein. Da saßen sie nun. Sie
sagte nichts, sie lächelte nicht. Er fragte sich, was er
eigentlich hier suchte und wie er sich hatte erdreisten
können, sie herzubitten. Und er dachte, daß dieser Tag
hätte verlaufen können wie alle anderen, aber daß sie
nun neben ihm saß, neben ihm, der sich unwohl fühlte,
und daß heute etwas Verwirrendes und dabei Großarti-
ges vor sich ging.

»Und?« sagte sie. »Haben Sie heute viele Leute frisiert? Gefällt Ihnen dieser Beruf?«

»Das ist nicht mein Beruf. Ich bin Dreher.«

»Hier?«

»Nein, in der Waffenfabrik. Ich nehme jeden Tag
den Bus. Aber mein Vater hat mich als Kind in einen
Frisiersalon gesteckt, deshalb nimmt mich Claude in
den Wochen, in denen es keine Arbeit gibt, als Aus-
hilfe. Aber das ist nicht mein Beruf, ich bin Dreher.«

»Das ist auch viel besser«, sagte sie, »weil . . .« Das
Ende ihres Satzes wurde von einem hemmungslosen,
kindlichen Gelächter begleitet: »Als Mann Leute frisieren ist doch lächerlich.«

»Sicher. Aber trotzdem, Sie machen sich darüber lustig und gehen doch selber hin.«

»Weil ich hier in meinem Zimmer nur eine kleine
Wanne habe und kein heißes Wasser. Sonst wasche ich
mir die Haare selbst.«

»Dann ist es also eigentlich bloßer Zufall, wenn Sie
und ich zum Friseur gehen.«

Er lachte, glücklich über sein kleines Bonmot. Außerdem hatte sie endlich geredet wie jedermann. Er lachte weiter. Unvermittelt hielt er inne. Sie lachte nicht, sie sprach nicht mehr. Erneut verspürte er ein großes Unbehagen. Das jedoch, ohne daß er dessen gewahr wurde, langsam wieder verschwand. Sie hatte sich zurücksinken lassen und lehnte nun, halb liegend, an den zerschmetterten Steinen. Auch er ließ sich herabsinken, dicht neben ihr, dem Duft ihres Haars. So lag er untätig da, die Augen zum Himmel gerichtet, und er langweilte sich nicht. Das ist das erste Mal, daß ich so daliege, ohne etwas zu tun. Das ist das erste Mal, daß ich so lange in die Luft starre. Die Farbe des Himmels flackerte jetzt. Endlose, wogende Lavendelflächen erstreckten sich über den ganzen Himmel. Auch jenseits davon nichts als Lavendel. Und da es seines Wissens das war, was seiner Seele noch am ehesten Ruhe versprach, wandte er sich der schweigenden Frau zu. Sie wehrte sich nicht; doch sie half ihm auch nicht. Dabei ging von ihm keinerlei Brutalität oder Ungeduld aus, ganz sanft und bedächtig ging er vor. Sie ließ es geschehen. Unbeweglich, eisig. Er spürte, wie all seine Kraft, all seine Männlichkeit ihn verließ. Er schämte sich und war zornig zugleich. Er schüttelte sie an den Schultern und schrie: »Nun beweg dich doch ... Sag etwas, tu etwas ...« Er sah sie vor sich, wie eine kalte Tote. Er fühlte sich alleingelassen mit seiner Scham, seiner Angst. Nicht einmal beschimpfen konnte er sie, ihr ins Gesicht sagen, daß sie zu jenen Frauen zählte, die die Männer anlockten und sich dann verweigerten, schließlich hatte er selbst sie hierhergeführt, und schließlich ließ sie es

mit sich geschehen... Dann war es also sein Fehler?
Aber warum nur, warum half sie ihm nicht? Ah, dieses
Luder, dieses dreckige Luder... Er begann auf sie ein-
zuschlagen, schonungslos und brutal. Unter seinen
Hieben war es wieder so, als ließe sie es mit sich geschehen. Sie wehrte sich nicht, schlug nicht zurück, sie
schrie nicht, sie klagte nicht. Er schlug sie auf die Beine,
die Arme, die Schultern. Ihre Gliedmaßen blieben an-
gespannt, ihr Fleisch geschmeidig und straff. Sie fing
seine Hiebe mit einer Spannung und Elastizität auf, die
jeder Brutalität spottete. Ihre einzige Verteidigung war
ihre Vollkommenheit. »Nun sprich doch, schrei doch
...« Einen Moment lang hielt er inne und betrachtete
ihre Augen, die so weit geöffnet waren wie ein uferlo-
ser, blauer See, wie ein Himmel ohne Horizont. Dann
verbarg er diese Augen, drehte ihr Gesicht zum Boden
hin, preßte es dagegen und zerkratzte es an den Steinen
und dem zerfetzten Beton; mit einem Zorn, der ihm aus
tiefster Seele kam, der in jede seiner Gesten kroch, in
seine Hände, die stießen und schlugen und kratzten.
Blaue Jungfrau. Schwarze, reine Jungfrau. Soll sie doch
zugrunde gehen, soll sie doch ersticken. Von einem
Stein zum nächsten springend, lief er über die zerstörte
Mole davon. Soll sie doch dort liegenbleiben, soll sie
doch sterben, soll die Ebbe des Meeres sie doch mit sich
reißen.

Er rannte weit von der Mole fort. Ihm war heiß, sein
Zorn hielt ihn weiter gefangen, ein verzweifelter Zorn.
Nun war ihm also selbst diese Schmach widerfahren.
Ihm, der so geschickt darin war, die Mädchen zu neh-
men.

Allmählich beruhigte er sich, er ging schon wieder langsam. Was hat sie eigentlich zu dir gesagt, was hat sie dir getan. Und du läßt sie dort verletzt auf den Steinen liegen. Du läßt sie dort liegen, mit ihrem Schweigen, ihrer Sanftmut. Mit ihrem wunderbaren Haar. Er machte kehrt. Ja, er würde ihr helfen, sich aufzurichten, er würde sein Taschentuch ins Wasser tauchen, würde ihr behutsam das Gesicht waschen. Er bog in den Steinweg ein. Er war noch ein gutes Stück von der Mole entfernt, da sah er sie auf den Resten einer eingefallenen Mauer sitzen, nur wenige Schritte von ihm entfernt. Oben auf der Mauer war noch ein Stück Gitterzaun befestigt, an den sie sich anlehnte, wobei sie sich mit ausgebreiteten Armen an zwei Pfosten festhielt. Das Profil ihres Gesichts zu ihm gewandt, betrachtete sie das Wasser. Ihr schönes Haar war nicht durcheinander, und ihr Gesicht hatte keine Schrammen.

»Habe ich Ihnen nicht weh getan?« sagte er.

»Aber nein«, sagte sie.

»Dabei war ich brutal. Aber was haben Sie sich auch dabei gedacht, hierher zu kommen ... was haben Sie von mir erwartet?«

»Ich erwarte rein gar nichts«, sagte sie.

Mit ihrer langsamen, sanften Stimme.

Sie steht jetzt, die Arme immer noch ausgebreitet. Zwischen zwei Pfosten zeichnet sie sich scharf vom Hintergrund des Meeres, vom Hintergrund des Himmels ab. Wenige Schritte vor ihm, und doch so weit entfernt. Was bleibt ihm anderes als zu gehen, sie zurückzulassen.

»Wie geht's, Luco?«

»Gut. Und du, wo kommst du her?«

»Von nirgends.«

Langsam schritt er am Kai des Hafens entlang. Er ging mitten ins Dorf hinein, nach Hause. Mariette hatte einen Salat aus Tomaten zubereitet und einen ganzen Teller gegrillter Sardinen. Sie trat zu ihm.

»Wie deine Hände duften«, sagte sie.

»Laß mich bloß mit Parfüm in Ruhe.«

»Aber es riecht nicht wie sonst, es ist deutlicher, warte . . . ah ja, es riecht nach . . .«

»Halt die Klappe«, sagte er. »Sag das Wort nicht. Halt bloß die Klappe.«

Und er legte ihr mit einer groben Geste die Hand auf den Mund.

»Was bist du denn heute so nervös!«

Sie lachte, ging in die Küche und kehrte mit dem Brot zurück.

Sie aßen.

»Heute ist Samstag«, sagte sie. »Das Kino hat auf. Wollen wir nachher noch hingehen?«

»Mal sehen«, sagte er.

Sie hatte die Teller zur Seite geschoben und blätterte in einer Zeitschrift, die ausgebreitet auf dem Tisch lag.

Er saß da, ohne etwas zu tun. Ab und zu schloß er die Augen. Diesen Sommerrock hier könnte ich mir gut selber machen. Mit meinem gemusterten Stoff. Das ist nicht schwer. Einfach so falten und so zuschneiden. Aber es lohnt sich jetzt nicht mehr, damit anzufangen. Wo wir doch ins Kino gehen. Er sieht nicht so aus, als würde er sich fertigmachen. Er schläft wohl, dabei ist er nicht so müde, wie wenn er in die Waffenfabrik geht. Es fängt um halb neun an. Wir können aber auch nach der Wochenschau hingehen. Den Abwasch laß ich stehen, den mach ich morgen früh, zusammen mit dem Frühstücksgeschirr.

Er schloß die Augen. Heute ist Samstag. Sie will ins Kino gehen. Heute ist Samstag. Alles stand still. Er konnte nicht nachdenken. Bilder tauchten vor ihm auf. Schlank und braun, das helle, offene Haar. Wogende Felder irgendwo in unbekannten Gegenden, die sich fortsetzen, sich in uferlose Wasser verwandeln und in Himmelsweiten von ebenso grausamem, blendendem Blau. Ist es wirklich, oder ist es eine Täuschung? Wirklich in der Trunkenheit eines Blaus, das alles mit seinem Leuchten verschlingt. Sanftheit noch im magischen Kampf um ihre Vollkommenheit. Sanftheit, wie mit einer Eisschicht überzogen, mit einem Saum aus Rauhreif. Er muß gehen und sie zurücklassen; nur noch eine Vision, die im schönen Fragment einer alten Mauer zurückbleibt, am Ufer einer klagenden Welt.

Also, gehen wir jetzt ins Kino oder nicht? Schläft er oder schläft er nicht? Wenn ich ihn schüttele, wird er wütend werden. Wenn wir noch länger warten, bekommen wir keine Plätze mehr. Und ich langweile mich. Dann hätte ich auch den Rock zuschneiden können. Gehen wir jetzt ins Kino oder gehen wir nicht? Bald wird es zu spät sein. Und ich langweile mich. So gar nichts zu machen. An einem Samstag werden wir doch nicht einfach nur rumsitzen.

Und fortan wird es immer so sein. Einfach nur dasitzen, ohne etwas zu tun, und er wird sich niemals langweilen. Wegen ihr, wegen seiner Erinnerung oder auch wegen der grenzenlosen Felder. Sind sie denn ihr entsprungen? Er weiß es nicht. Aber das ist auch nicht wichtig. Nun sind sie da, und sie werden weiterhin da sein. Wenn er vor seiner Maschine stehen wird, seiner Drehbank, werden sie da sein, in ihm oder um ihn. Er wird das Werkstück schleifen, und die Stahlspäne werden auffliegen, glatt und bläulich; er, René, wird keinerlei Bedeutung haben; sein Tun wird ein wenig mehr bedeuten als er; aber sie, sie werden alles sein. Sie, die weniger unwirklich sind als er selbst. Sie, die es gibt, er weiß nicht wo, aber außerhalb seiner selbst, das spürt er genau. Außerhalb über ihm. Sich selbst entsprungen oder aus ihr entstanden, Quelle der Bilder. Sie werden da sein, wenn er nichts tut oder vor seiner Drehbank steht, immer werden sie da sein, wie ein großes Wort des Schweigens, der Weite, der fahlen Farben. Sie werden sich durch sein Leben ziehen wie eine geheimnisvolle Geschichte. Jedes Fest wird ein trauriger Augenblick scheinbarer Ruhe sein. Sie allein werden das Morgenrot sein, die Grenze der Nacht. Als wäre die Hoffnung gekommen. Und er trug eine schwerere Last als die Hoffnungslosigkeit.

»Im Kino werden wir keine Plätze mehr bekommen«, sagte sie. »Sollen wir Karten spielen, oder sollen wir einfach nur dasitzen?«

»Laß uns einfach nur dasitzen«, sagte er.

Nachwort

Vor mehr als einem halben Jahrhundert wurde Madeleine Bourdouxhe in Paris mit ihrem Roman *La femme de Gilles* berühmt. Vier Jahrzehnte sind vergangen, seit Simone de Beauvoir sie in *Das andere Geschlecht* gepriesen hat. Lange Zeit ist Madeleine Bourdouxhes Schaffen ignoriert worden. Sogar in Belgien, ihrem Heimatland, und in Frankreich, wo viele ihrer Erzählungen ursprünglich veröffentlicht wurden, wird sie jetzt erst von der feministischen Literaturkritik entdeckt.

Als ich ihre Werke 1987 zum erstenmal auf französisch las, stieß ich auf eine selbstbewußte feministische Stimme, die mich, trotz aller Gebundenheit an Zeit und Ort, auf eine unglaublich direkte Weise ansprach. Die stille Kraft dieser Autorin schlug mich in ihren Bann. Als ich ihre Erzählungen zu übersetzen begann und in den subtilen Rhythmus ihrer Prosa eintauchte, wuchs sich meine anfängliche Neugier zu einem wirklichen Engagement aus. Ich wollte mehr über ihr Leben erfahren, über die gesellschaftlichen und kulturellen Hintergründe, die es geprägt hatten. An solche Informationen zu kommen war jedoch ein Problem; denn nur ein kleiner Teil ihres Werkes ist überhaupt in Buchform erhältlich, und darüber hinaus wurde Madeleine Bourdouxhe von der Literaturkritik so gut wie gar nicht beachtet. So gab es nur eine Lösung: Ich mußte sie auf eigene Faust erforschen.

Als ich Madeleine Bourdouxhe im Juli 1988 in ihrer Brüsseler Wohnung besuchte, hatte ich die Übersetzung ihrer Erzählungen abgeschlossen, hatte in Bibliotheken fast ihr gesamtes Werk gelesen und viele Vermutungen angestellt, die, wie sich herausstellen sollte, nicht alle genial waren. Ich hatte angenommen, daß sie in erster Linie während des Krieges geschrieben hatte, und war aufgrund meiner Probleme, ihre Werke überhaupt aufzuspüren, davon ausgegangen, daß sie ihre schriftstellerische Karriere schon seit langem beendet hatte. So war es eine große und überaus willkommene Überraschung für mich, daß sie weiter geschrieben hatte: Tatsächlich sind drei der Erzählungen im vorliegenden Band (»Clara«, »Blanche« und »Lavendelfelder«) vergleichsweise jüngeren Datums. Noch heute arbeitet sie nachts; eine junge Freundin von ihr erzählte mir, daß sie oft Licht in ihrer Wohnung gesehen habe, wenn sie spät von einem Konzert an der Grande Place zurückkehrte, in deren Nähe Madeleine Bourdouxhe bis vor kurzem wohnte.

In Madeleine Bourdouxhe begegnete mir eine elegante, unkomplizierte Frau Anfang Achtzig, der man trotz ihrer Zurückhaltung deutlich anmerkte, wie sehr sie sich über die Übersetzung ihrer Werke freute (»Die Engländer waren die ersten, die Brüssel befreit haben«). In unserem Gespräch erzählte sie mir so viel über sich selbst, daß ich meine, durchaus vor dem Hintergrund ihres Lebens auf ihr Werk eingehen zu können. Je länger ich ihr zuhörte, desto klarer wurde mir, daß sich die lange Phase, in der man sie übergangen hat, zum Teil aus ihrer oppositionellen Haltung erklärt, aber mehr noch aus den katastrophalen Brüchen, die das Europa dieses Jahrhunderts erleben mußte. Ich begriff sehr schnell, daß ihre eigene Geschichte von einem starken Bedürfnis nach Widerstand in all seinen Formen geprägt war.

Madeleine Bourdouxhe wurde 1906 in Lüttich geboren. Nachdem sie als Kind kurze Zeit in Paris gelebt hatte, kehrte die Familie am Ende des 1. Weltkriegs nach Belgien zurück und zog dann später nach Brüssel, wo Madeleine das Gymnasium besuchte und danach Philosophie studierte. 1927 heiratete sie den Mathematiker Jacques Muller und fing an, Privatunterricht in Französisch, Latein und Geschichte zu geben.

Ein wichtiger Hinweis auf ihre politischen Ansichten waren für mich die Menschen, an die sie sich bei unserem Treffen erinnerte. In den Dreißigern, so erzählte sie mir, gehörte der russische revolutionäre Schriftsteller Victor Serge, dessen Arbeit sie zutiefst bewunderte, zu ihren engsten Freunden. Serge war führend unter den Intellektuellen, die Stalin durchschauten und die Moskauer Prozesse als abgekartetes Spiel kritisierten. Nachdem er 1933 wegen seiner Verbindungen zu Trotzki nach Sibirien deportiert worden war, wurde er nach einigen Protestaktionen, die er gemeinsam mit André Gide organisiert hatte, aus der Sowjetunion ausgewiesen, und er und sein Sohn fanden in Brüssel, seiner Geburtsstadt, bei Madeleine Bourdouxhe und ihrem Mann Zuflucht. »Jemand hat ihn mir gebracht«, sagte sie dazu. Vor dem Krieg zog er nach Paris, wo sie ihn häufig besuchte, um über Politik, das Leben und die Literatur mit ihm zu reden. »Politisch waren wir gleicher Meinung, der Spanische Bürgerkrieg beschäftigte uns beide sehr.« Serges Einsatz für eine *lucidité* und *probité* (politische Redlichkeit) ähneln tatsächlich dem, was in Madeleine Bourdouxhes Erzählungen anklingt. In seinen *Notizbüchern* beschreibt er den Drang zum Schreiben als »eine Möglichkeit, nicht nur ein einziges Schicksal zu erleben, sondern auch andere Schicksale zu durchdringen und mit ihnen zu kommunizieren. Der Schriftsteller wird sich der Welt, die er zum Leben erweckt, bewußt, er ist ihr Bewußtsein und überschreitet dadurch die normalen Grenzen des Ichs, was eine berauschende und zugleich bereichernde Erfahrung ist.«

In der Mitte der dreißiger Jahre hatte Madeleine Bourdouxhe bereits mehrere Romane und Erzählungen geschrieben. »Ich hatte schon immer eine Leidenschaft fürs Schreiben«, berichtete sie mir. »Schon als Kind habe ich kurze Landschaftsbeschreibungen verfaßt oder mir Geschichten ausgedacht.« Als sie nach Paris reiste, um ihre Arbeit verschiedenen Verlagen vorzulegen, nahm Jean Paulhan, Herausgeber der *Nouvelle Revue Française* und Lektor für den Verlag Gallimard, sie unter seine Fittiche. Paulhan war bekannt dafür, daß er neue Autoren aufspürte und sie dazu ermutigte, in ihren Werken ihre Überzeugungen zum Ausdruck zu bringen; so entdeckte er auch Marcel Aymé und Raymond Queneau. Auf Paulhans Rat hin wurde *La femme de Gilles* von Gallimard angenommen und 1937 unter großem Beifall herausgegeben. Der Literaturkritiker und Romancier Ramon Fernandez schrieb: »Die Kunst, dem Schweigen Ausdruck zu verleihen – die wohl schwierigste Aufgabe eines Romanciers –, wird hier zur Vollendung gebracht.«

Dann kam der Zweite Weltkrieg, der Auslöser für jene Erzählungen, die Madeleine Bourdouxhe in den nächsten zehn Jahren schreiben würde. Als ich mich 1988 mit ihr unterhielt, begann ich zu begreifen, warum die deutsche Besatzungszeit so viele ihrer Erzählungen und sogar ihre Selbstwahrnehmung geprägt hat. Langsam konnte ich mir vorstellen, was es bedeutet, wenn das eigene Land von einer fremden Macht eingenommen wird, besonders wenn man selbst patriotisch, wenn auch nicht im mindesten nationalistisch eingestellt ist. Kein Wunder, daß sie sich als Schriftstellerin immer so intensiv mit Grenzen beschäftigt hat, mit Menschen, die Risiken eingehen und im Untergrund leben müssen. Was es bedeutet, vertrieben zu werden, hat sie am eigenen Leib erlebt.

Im Mai 1940, kaum ein Jahr nach Kriegsbeginn und am Tag des Einmarsches der Deutschen in Belgien, hatte Madeleine Bourdouxhe ihr erstes Kind, Marie, auf die Welt gebracht und sich auf der Flucht vor der deutschen Besatzung mit Hilfe von Freunden und Verwandten in ein Dorf nahe Bordeaux durchgeschlagen.

Auf Anweisung der belgischen Exil-Regierung mußte sie aber noch im gleichen Jahr nach Brüssel zurückkehren, wo sie die restlichen Kriegsjahre verbrachte. Publizieren konnte sie unter diesen Umständen kaum. Sie war nicht nur politisch suspekt, sondern weigerte sich zudem gemeinsam mit ihrem Lektor Jean Paulhan, auch nur einen Fuß in Verlage wie Gallimard und Grasset zu setzen, die von den Deutschen übernommen worden waren, geschweige denn dort zu veröffentlichen. Es ging ihr darum, jeden Widerstand zu unterstützen, und in ihrem Haus in Brüssel versteckte sie jüdische Flüchtlingsfrauen. Es war auch schwierig für sie, überhaupt eine Reisegenehmigung ins besetzte Paris zu bekommen, was ihr manchmal nur unter Einsatz ihres Lebens gelang. Einmal, so erzählte sie mir lachend, überredete sie einen »anständigen Nazi« dazu, ihr die Genehmigung auszustellen, indem sie ihn mit einem signierten Exemplar von *La femme de Gilles* bestach.

Bei meinen Recherchen über Madeleine Bourdouxhes Werdegang hatte ich einen möglichen Einfluß von Paul Éluard vermutet, dem sensibelsten und wachsamsten unter den männlichen Surrealisten. Seine poetische Bildsprache, zum Beispiel in Gedichten wie »La vie immédiate« (1932), schien mir manchmal ein Vorbote ihrer eigenen Metaphorik zu sein. So war es besonders faszinierend für mich, als sie erwähnte, Éluard sei während des Krieges ihr »Kontaktmann« im Widerstand gewesen. Sie hatte, so erzählte sie mir, gegen die Nazis gerichtete Flugblätter in seiner Pariser Wohnung abgeholt, um diese nach Belgien zu bringen. Jede Anspielung auf eine mögliche literarische Verbindung zwischen ihr und Éluard stritt sie jedoch höflich, aber vehement ab: Nein, niemand habe irgendeinen Einfluß auf ihre Arbeit gehabt. Doch selbst Künstler, die in relativer Isolation arbeiten, können einfach nicht immun gegen die intellektuellen Strömungen ihrer Zeit sein, und Madeleine Bourdouxhe, diese doch im wesentlichen politische Schriftstellerin, hat sehr wahrscheinlich, ob bewußt oder unbewußt, alles in sich aufgesogen, was sie brauchte, um ihrer individuellen Stimme Ausdruck zu verleihen. Die meisten Erzählungen in diesem Band stehen nicht nur unter den Eindrücken der Nazi-Tyrannei, sondern auch des Surrealismus der Vorkriegsjahre. Seit die surrealistische Bewegung 1924 ihr Manifest veröffentlicht hatte, forderte sie eine Kunst, in der Traum und Wirklichkeit, innere und äußere Welt miteinander versöhnt wären, und vertrat zugleich extrem idealistische politische Thesen wie die Verbindung von Marx und Freud. Trotz des Bruches, den der Krieg herbeigeführt hatte, war die Bewegung in Amerika weiterhin erfolgreich. In Europa trieben die Erfahrungen der Besatzungszeit, die immer neuen Enthüllungen von Greueltaten der Nazis und ein wachsendes Bewußtsein für die stalinistische Tyrannei die Schriftsteller dazu, sich stärker dem Existentialismus in seinen verschiedenen Formen zuzuwenden, der großen Nachdruck auf die individuelle Wahlfreiheit legte und an das persönliche Verantwortungsgefühl des Künstlers appellierte. Es war eine Zeit, in der europäische Schriftsteller so viele Möglichkeiten hatten wie noch nie zuvor und in der ihre Aufgabe als Ideologen ständig hinterfragt und debattiert wurde.

Paul Éluard und seine Frau Nusch gehörten zu den wenigen Mitgliedern der surrealistischen Bewegung, die während der Besatzungszeit in Paris blieben. Viele andere waren nach New York und Mexiko geflohen, sehr zum Ärger von Jean-Paul Sartre, der 1945 verkündete, daß der Schriftsteller »seiner Zeit verpflichtet« sei und »den Leser führen, Ungerechtigkeit aufzeigen und Entrüstung provozieren« müsse.*

Diesem Grundsatz folgend, gründeten Sartre, Simone de Beauvoir, Raymond Aron und andere die Zeitschrift *Les Temps Modernes*; Madeleine Bourdouxhe war eindeutig eine Schriftstellerin, deren Ansichten, wenn auch nicht ihr literarischer Stil, mit solch einem Prinzip übereinstimmten. Im Vergleich zu einigen anderen französischen Literaturzeitschriften dieser Zeit war *Les Temps Modernes* auch in seiner Haltung gegenüber der Frau aufgeklärt. Sartre und de Beauvoir trafen Madeleine Bourdouxhe gegen Kriegsende in den Pariser Cafés, wenn sie von Brüssel angereist kam – und im Januar 1947 erschien »Les jours de la femme Louise« in *Les Temps Modernes*.

In der gleichen Ausgabe erschien auch ein Artikel von Nathalie Sarraute über Paul Valéry, ein Auszug aus *Black Boy* von Richard Wright und ein Artikel von Simone de Beauvoir mit dem Titel »Pour une morale de l'ambiguité«. Liest man die Zeitschrift vierzig Jahre später, so beeindruckt die Modernität von Madeleine Bourdouxhes Stil, ihre Freiheit von jedem Dogmatismus und die poetische Einfachheit, mit der sie sich ausdrückt – Eigenschaften, die sie sich über die Jahre hinweg auf eine bemerkenswerte Weise erhalten hat. Vor allem sticht ihr Text jedoch durch seine Auseinandersetzung mit der inneren Welt von Frauen hervor.

* *Les Temps Modernes*, Februar–Juni 1947.

Die hier mit »Die Tage der Louise« übersetzte Erzählung ist eine der wenigen in *Wenn der Morgen dämmert*, in der eine bürgerliche Figur auftaucht, und selbst hier dient das »Madame« eigentlich nur dem Verständnis ihres Dienstmädchens Louise. »Die Tage der Louise« veranschaulicht das Ideal weiblicher Empathie über die absoluten Klassenschranken hinweg. Louise träumt von einer Freundschaft mit Madame; die Männer halten sie ewig hin, aber Madame, elegant und geheimnisvoll, wie sie ist, läßt sie nie im Stich. Sie leiht Louise sogar an ihrem freien Abend einen schicken blauen Mantel. Louise schweift wie im Taumel durch die Pariser Nacht; in einem Café wird ihr von ihrem Bleistift eine »kabbalistische Liebesbotschaft« diktiert (vielleicht eine spöttische Anspielung auf die *écriture automatique* der Surrealisten). Aber wird Louise den blauen Mantel wirklich jemals ausfüllen können? Man denke an Jean Genets Antwort an jene bourgeoise Dame, die ihm erzählte, wie glücklich ihr Dienstmädchen sein müsse, da sie ihm all ihre alten Kleider geschenkt habe. »Ausgezeichnet«, erwiderte Genet. »Und gibt sie Ihnen auch ihre?«

Madeleine Bourdouxhe sucht die Figuren ihrer Geschichten nicht in der vornehmen Pariser Gesellschaft, sondern in den Vororten und der Provinz, dem alten Gemüsemarkt in Les Halles, den gesichtslosen Industriestädten der Lorraine oder der Maas. Schon immer hat sie am liebsten Menschen aus dem Arbeitermilieu beschrieben. Sie interessiert sich mehr für die, die am Rande der Gesellschaft leben, und macht sich ein ganz eigenes Bild von dieser Gesellschaft. So erklärte sie mir voller Stolz: »Ich schreibe über das, was ich sehe.«

Trotzdem ist sie keine Realistin im einfachen Sinne. Dadurch, daß sie ihr Schreiben in einem proletarischen Umfeld ansiedelt, eröffnet sich ihr nicht nur die ganze Palette an Pflichten, denen Frauen unterworfen sind, sondern sie erreicht auch in ihrem Stil eine überzeugende Reinheit. Diese stilistische Reinheit erzeugt sie mit Hilfe der Welt des Traums. In all ihren Geschichten bedient sie sich des Traums, um auf ihre ganz persönliche Weise das Wesen weiblicher Identität zu ergründen und die Befreiung des weiblichen Denkens voranzutreiben.

Diese Welt des Traums deutet auch auf eine historische Beziehung zwischen Madeleine Bourdouxhe, deren Werk in erster Linie dem poetischen Ausdruck verpflichtet ist, und jenen Frauen hin, die der surrealistischen Bewegung nahestanden. Ähnlich wie sie sympathisierte Madeleine Bourdouxhe mit dem revoltierenden, experimentellen Geist des Surrealismus, ohne einem Zirkel oder einer Clique anzugehören, denn jede Form von organisierter Aktivität lehnte sie ab. Wahrscheinlich war dies eine kluge Haltung, denn seit Apollinaire haben die Ereignisse gezeigt, wie sehr gerade die Frauen, die mit dem Surrealismus zu tun hatten, Gefahr liefen, vereinnahmt zu werden, wenn man sie zum Kind oder zur Muse stilisierte. Jede Idealisierung birgt ihre Gefahren, sie macht Frauen zum angebeteten und dabei unerkannten Standbild einer von irreführenden, männlichen Kriterien bestimmten Kultur. Alles in allem ist es sicherer, über eine eigene Sicht der Dinge zu verfügen.

Die Künstlerinnen der vierziger Jahre hoben die Schranken zwischen Bewußtem und Unterbewußtem, zwischen Rationalem und Irrationalem, zwischen Leben und Kunst auf; sie maßen dem Traum ebenso großen Wert bei wie die männlichen Surrealisten. Aber indem sie die besonderen biologischen und spirituellen Möglichkeiten der Frauen hervorhoben, jene dynamischen »Geheimnisse« der Weiblichkeit, konnten sie Anspruch auf eine besondere Beziehung zur schöpferischen Natur und zum Kosmos erheben, die ihnen eine besondere, höhere Weisheit verlieh.

Auch Madeleine Bourdouxhe verwendet für ihre eigenen, feministischen Zwecke bisweilen solch einen surrealistischen Symbolismus, wenn auch auf eine direktere und weniger phantastische Weise als ihre künstlerischen Zeitgenossinnen. Sie bedient sich verzerrender, beunruhigender Bilder, die aus der Welt des Alptraums stammen: riesenhafte Insekten mit schwarzglänzenden Panzern oder ein sonderbarer Dutt, in dem anstelle von Haarklemmen Metallnadeln stecken.

Was sie ebenfalls fasziniert, ist das Verhältnis zwischen individueller Erinnerung und objektiv verstreichender Zeit im Spiegel weiblicher Sensibilität. Viele ihrer ambitioniertesten stilistischen Experimente gehen mit solchen Untersuchungen einher. In einigen der Erzählungen versinken Frauen vollständig in einer erinnerten Zeit, wobei die Erinnerungen sich in organischen Schichten überlagern, bis die Gegenwart zu einem phantastischen Strudel aus miteinander verknüpften Bildern zu verschmelzen scheint. Dieser sinnliche Zugriff auf ihr Unbewußtes kann Frauen zu einer

intensiveren, größeren Selbstwahrnehmung führen,
die ihnen in extremen Momenten Halt gibt – wenn ein
Mann sie verläßt oder zusammenschlägt, wenn sie einsam sind in der unerträglichen Hitze einer Sommer-
nacht, auf einem Armeelaster, mit noch blutver-
schmierten Beinen, unfähig, den kaum zu ertragenden
Forderungen ihres neugeborenen Kindes gerecht zu
werden. Die Fähigkeit, Erfahrungen und Erinnerungen miteinander zu verknüpfen, verleiht einer Frau ihre
Stärke und ihre Einheit. Sie gibt ihr die einzigartige
Kraft, eine höhere Totalität zu erreichen – sei es die
Menschheit, die Natur oder sogar das Göttliche. Phy-
sisch gesehen wird diese Schichtung von Erfahrungen
durch ein Zusammenspiel der Sinne vermittelt, besonders des Sehens, des Hörens und des Fühlens; stili-
stisch gesehen durch Bilder, die aufeinander verweisen,
oder durch Wörter und Ausdrücke, die sich wie ein
Refrain oder eine Litanei wiederholen.

Ein Jahr nach der Veröffentlichung von »Les jours de la
femme Louise« kam in der Zeitschrift *Les Temps Modernes* Simone de Beauvoirs maßgebliche Frauenstudie *Das
andere Geschlecht* in Fortsetzungen heraus, die, auch
wenn ihre etwas hochgestochene Sprache heute ein wenig stört, die Frauenbewegung der Nachkriegszeit ein-
läutete und ihr vielleicht einziges grundlegendes Werk
geblieben ist. In der Buchausgabe (1949) beschreibt de
Beauvoir, wie Madeleine Bourdouxhe sich mit dem un-
terschiedlichen Wert, den Männer und Frauen dem
Liebesakt beimessen, auseinandersetzt.

»Gilles' Frau, deren Geschichte Madeleine Bourdouxhe erzählt hat, krampft sich zusammen auf die
Frage ihres Gatten: »Hat's dir gut getan?« Sie
schließt ihm mit der Hand den Mund. Darüber zu
sprechen, entsetzt viele Frauen, weil es die Lust zu
einer immanenten und gesonderten Empfindung
macht. »Hast du genug? Willst du noch mehr? War's
schön?« Allein die Tatsache, daß eine solche Frage
gestellt wird, offenbart die Trennung, verwandelt
den Liebesakt in einen mechanischen Vorgang, den
der Mann in Regie genommen hat. Deshalb stellt er
sie auch. Viel mehr als die Verschmelzung und Ge-
genseitigkeit sucht er die Beherrschung.«*

De Beauvoir hatte vollkommen recht, wenn sie davon
ausging, daß die Polarität der Geschlechter im Zentrum
von Madeleine Bourdouxhes Werk steht. In »Anna«,
der »surrealsten« ihrer Erzählungen, will die gelang-
weilte Frau eines Tankstellenbesitzers handeln, will
Kriege und Revolutionen führen, doch gefangen in
ihrem Geschlecht und ihrer Situation bleibt ihr nichts
anderes übrig, als über dem Ehebett imaginäre Bilder
in die Luft zu malen. Wieder sind wir in der Welt der
Phantasie. Anna träumt von einem Kleid, das sie nicht
besitzt, vom Tanz mit einem anderen Mann, der sie ver-
flüssigen und hoch über der Welt schweben lassen
wird. Aus ihrem eigenen Körper heraus betrachtet sie

* *Das andere Geschlecht*, Simone de Beauvoir, Übersetzung von
   Fritz Montfort und Eva Rechel-Mertens, Rowohlt Taschen-
   buch Verlag, Reinbek bei Hamburg, 1968, S. 376.

sich: Sie ist gefangen in ihrem Fleisch und zugleich davon befreit. In schockierenden, brutalen Metaphern wird durch ein Aufeinanderprallen von Gegensätzen die Welt ihres Alltags beleuchtet und ins Wanken gebracht. Als Anna ihren Hals und ihre Brüste betrachtet, stellt sie sich ihre Adern als Schläuche voller Blut vor – und hat eine schreckliche Vision, wie dieses Blut gerinnt, wie es ihr Herz überschwemmt. Man muß an das Bild »Die zwei Fridas« der mexikanischen Malerin Frida Kahlo Rivera denken, das 1939 während ihrer Scheidung von Diego Rivera entstand; es sind zwei »Röntgen«-Selbstbildnisse der Malerin, verbunden durch imaginäre Blutröhren, durch die das Blut von einem Herzen zum anderen strömt, bis es auf ein blütenweißes Kleid tropft.

»Anna« legt den Gedanken nahe, daß jedes Spiegelbild danach befragt werden muß, ob das Ich darin tatsächlich in all seiner Komplexität zu sehen ist: wie man ist und wie man sein sollte, innerhalb und außerhalb seines Körpers. Und während der Spiegel etwas offenbart, kann das Fenster, jene andere verlockende Fläche aus Glas, vielleicht zur Flucht in ein besseres Leben verhelfen – oder, wie in der eindringlichen Erzählung »Clara«, in der die Taubheit der Protagonistin als letztes Symbol fehlender Kommunikation dient, in den Tod.

Nicht nur für Clara ist das Schweigen ideal und verhängnisvoll zugleich. In »Ein Nagel, eine Rose«, der einzigen Erzählung in diesem Band, die auf Madeleine Bourdouxhes eigenen Erfahrungen basiert, wandert Irène alleine durch die Dunkelheit einer unter Schnee

und Eis begrabenen, besetzten Stadt und denkt über
ihren Verflossenen nach. Daß beide keiner Worte be-
durft hatten, so wird ihr klar, war zu einem grausamen
Widerspruch geworden, denn das einzige, was er ihr
nicht hatte sagen können, war, daß er sie verlassen
mußte. (Wegen einer anderen Frau oder um in den Widerstand zu gehen? Sie durfte nicht danach fragen.) Als
Irène deshalb auf der Straße von hinten angegriffen
wird, ist dieser Überfall eine brutale Bedeutungslosigkeit, eine kurze Unterbrechung ihres steten Schmerzes.
Wieder drücken sich Unterschiede zwischen den Geschlechtern in gegensätzlichen Bildern aus: hart/weich,
stark/schwach, schwarz/weiß. Irène kann ihren An-
greifer nicht verachten: Zu eifrig will er ihr gefallen,
wie ein Kind – arbeitslos ist er vielleicht, oder einfach zu
jung, um sich zu schlagen –, und die beiden schließen
Freundschaft. Die Besatzung scheint Opfer und An-
greifer mehr aneinander zu binden, als die Gewalt des
Mannes sie trennen kann. Sie empfindet sogar Mitleid
mit ihm; neben dem Verlust ihrer großen Liebe ist
nichts von Bedeutung. »Meine kleinen Freuden möchte
ich mir nicht nehmen lassen«, erwidert sie ihm, als er
versucht, seine Brutalität wettzumachen, indem er ihr
anbietet, Holz für sie zu hacken.

Selbst von feministischen Kritikerinnen wird das
Thema Liebe allzu leicht als »typisch Frauenliteratur«
abgetan. Dabei geht Madeleine Bourdouxhe in ihren
Erzählungen gerade besonders gut damit um. Die
Liebe, die hier zum Ausdruck kommt, hat viele Gesichter; es ist nicht nur sexuelle Liebe, sondern auch Mut-
terliebe, elterliche Liebe, Liebe von Frau zu Frau, Tier-

liebe, Liebe zu unbelebten Gegenständen, spirituelle Liebe, die Liebe, die man gegenüber einem Fremden (oder einem Soldaten) empfindet. Liebe kann Zwang oder Freiheit bedeuten – oder beides. Wenn ein Liebesverhältnis zu Ende geht oder jemand stirbt, kann die Einsamkeit, wie in Irènes Fall, quälend sein oder der wünschenswerteste aller Zustände. In »Blanche«, laut Autorin die »leichteste« ihrer Erzählungen, wird Blanche von ihrem groben, verständnislosen Mann fast in den Wahnsinn getrieben; sie findet mehr Befriedigung in ihrem Verhältnis zu den Töpfen und Pfannen ihrer Küche, als er ihr jemals geben könnte. Doch als sie mit ihrem kleinen Sohn aus dem Haus flüchtet, findet sie Trost in der Stille des nächtlichen Waldes und einen Phantasiegeliebten – einer von vielen in diesen Erzählungen –, mit dem sie keine Treueschwüre auszutauschen braucht. Oft wird in Madeleine Bourdouxhes Werk das Licht des Tages von Alpträumen getrübt; hier erleuchtet ein Gefühlstaumel das Dunkel der Nacht.

Manchmal mag einen die Phantasie vor dem Wahnsinn retten, doch sie kann auch grausame Gegensätze hervorheben. Im Hintergrund der Erzählung »Wenn der Morgen dämmert«, der längsten und zentralen in *Ein Nagel, eine Rose*, gibt es einen namenlosen, fernen Reisenden, mit dem Léa eine zwanghafte Todessehnsucht teilt: Beide leiden unter der »schleichenden Ungeduld der Zeit«. In ihrem realen Alltag empfindet Léa jedoch eine fürsorgliche Liebe zu einem idealistischen jungen Fabrikarbeiter namens Carrol, der in Spanien gekämpft hat; ihr Umfeld ist ein schäbiges Dorfcafé, wo

Männer sich treffen, um herumzuflachsen und über den Aufstand zu diskutieren. Trotz all seiner großen Worte hat Carrol Angst vor der Dunkelheit, und so muß Léa auf ihre weibliche Stärke vertrauen und in seinem Namen den Kräften des Bösen entgegentreten; sie muß mit dem Störenfried fertigwerden, der schuld daran ist, daß Carrol gedemütigt wurde. Nachdem sie ihre Aufgabe erfüllt hat, geht sie vor wie ein Profi, verwischt ihre Spuren und verbrennt die belastenden Beweise. Als sich vor Léas Augen der Hügel rot färbt, verschmelzen die biblischen Bilder von Blut und Feuer, die so häufig in diesen Geschichten wiederkehren. Zuvor empfand sie »eine traurige Liebe für die Farbe des Blutes«; jetzt ist die »Farbe am Rande der Nacht die einzige, die [ihre] Augen ertragen konnten«. Ihre Hände sind »weiß und blutleer«. In einem anderen Leben hätte sie den Feind ihres Freundes sogar lieben können.

Aber was passiert, wenn die Phantasiewelt in *Wenn der Morgen dämmert* nicht von Frauen bevölkert wird, sondern von einem Mann – wie in »René«, jenem jungen Dörfler, der im lavendelduftenden Haar einer wunderbaren Fremden ein Bild der Vollkommenheit findet, das ihn nicht mehr losläßt? Wie die anderen Männer in Madeleine Bourdouxhes Erzählungen treibt ihn seine Wut auf das andere Geschlecht bis zur Gewalt; durch die Passivität, mit der die wunderbare Fremde seinem Angriff begegnet, verschlimmert sie seine Stimmung nur noch. Als er sich in jene kleine, häusliche Welt zurückzieht, in der bei Madeleine Bourdouxhe sonst die weiblichen Protagonisten ihren schil-

lernden Träumen nachhängen, sieht René sein Opfer so
vor sich, wie er es zurückgelassen hat: regungslos, unversehrt, wie in Ewigkeit erstarrt. Sie ist eine bei leben-
digem Leibe gekreuzigte Frau. »Ist Ihnen aufgefallen,
daß meine ganzen Erzählungen von Frauen handeln –
außer einer?« fragte mich Madeleine Bourdouxhe bei
unserem Treffen und sah mich durchdringend an. Weiter ging sie nicht darauf ein. Aber es ist durchaus mög-
lich, daß sie uns gerade dieses letzte Bild, in dem die
Grenzen zwischen den Geschlechtern übersprungen
und zugleich untergraben werden, in Erinnerung halten möchte.

Faith Evans, Februar 1989

Faith Evans ist Literaturagentin und Übersetzerin in
London.

Jean Rouaud

Die Felder der Ehre

Roman. Aus dem Französischen von Carina von Enzenberg und Hartmut Zahn.
217 Seiten. SP 2016

Jean Rouaud erzählt in seinem mit dem Prix Goncourt ausgezeichneten Debütroman auf sehr persönliche Weise wichtige Stationen unseres Jahrhunderts nach, indem er sich an die Geschichte seiner eigenen Familie erinnert. Eine Saga also, die drei Generationen umspannt, ohne sich jedoch den Regeln der Chronologie zu unterwerfen. Anlaß zum Öffnen dieses Familienalbums geben drei Todesfälle, die sich alle im selben Winter ereignen und um die sich die Geschichte zentriert: der Großvater, ständig von einer Wolke dichten Tabakqualms umgeben, der mit seinem zerbeulten 2CV die Gegend unsicher macht; die bigotte Tante Marie, die jeweils den Heiligen des Tages auf ihrer Seite hat und die für ihren im Großen Krieg gefallenen Bruder Joseph, den sie so liebte, ihre Weiblichkeit hingab; schließlich der Vater des Erzählers, dessen früher Tod die so subtil humorvolle und skurrile Chronik überschattet und ihr unausgesprochene Tragik verleiht.

»Nicht nur der Regen ist das philosophische Element dieses wunderbar zärtlichen Romans über ein grausames Jahrhundert. Mehr noch ist es der giftgrüne Nebel, der die Anfänge unserer Moderne bedeckt.«
Die Zeit

Hadrians Villa in unserem Garten

Roman. Aus dem Französischen von Carina von Enzenberg und Hartmut Zahn.
224 Seiten. SP 2292

»Ein hinreißendes Buch. Es hat alles, was ich mir von einem Buch wünsche: Witz, Wärme, eine feine, sehr poetische Sprache, eine großartige Geschichte, es hat Menschlichkeit und Spannung und berührt den Leser über das Persönliche der Familiengeschichte hinaus auch da, wo es weh tut.«
Elke Heidenreich

Die ungefähre Welt

Roman. Aus dem Französischen von Carina von Enzenberg und Hartmut Zahn.
275 Seiten. SP2815

Madeleine Bourdouxhe

Gilles' Frau
Aus dem Französischen von Monika Schlitzer. Mit einem Nachwort von Faith Evans. 166 Seiten. SP 2605

Madeleine Bourdouxhes Drama einer zerstörerischen Leidenschaft ist eine Wiederentdeckung von höchstem literarischen Rang. Die leidenschaftliche Dreiecksgeschichte zwischen Elisa, ihrer Schwester Victorine und Gilles ist in ihrer Direktheit und Ausweglosigkeit ein Glanzstück der klassischen Moderne: Sinnlich, kühn – und von kammerspielartiger Intensität.

»Schwer zu sagen, was beeindruckender an der Leistung Madeleine Bourdouxhes ist: die kühle Liebe zu ihren Figuren oder die unsentimentale, aber doch fast zärtliche Darstellung ihrer Zerrüttung … Madeleine Bourdouxhe formt kleine Szenen aus dem Alltag zu einer klassischen Tragödie. Mit einer kühlen, präzisen Sprache entwirft sie Bilder von höchster Anschaulichkeit und Glaubwürdigkeit, Stilleben der Seele, die den Leser durch ihre innere Spannung sofort fesseln. Gerade die scheinbar ruhig distanzierte Darstellung schafft einen Sog der Erzählung, dem man sich nicht entziehen kann. Da ist kein Wort zuviel, und jeder Satz zieht den Leser tiefer hinein in diese verhängnisvolle Affäre.«
Die Woche

Auf der Suche nach Marie
Roman. Aus dem Französischen von Monika Schlitzer. Mit einem Nachwort von Faith Evans. 192 Seiten. SP 2969

»Dieser Roman ist einer der schönsten Liebesromane, die es momentan zu lesen gibt.«
Die Woche

Wenn der Morgen dämmert
Erzählungen. Aus dem Französischen von Monika Schlitzer und Sabine Schwenk. 152 Seiten. SP 2067

»Sie wurde in der französischen Literaturszene gefeiert wegen ihrer subtilen und dichten Sprache, wegen ihrer genauen Beobachtungen und vor allem wegen der ungeheuren Intensität, mit der Madeleine Bourdouxhe Ängste, Hoffnungen, Stimmungen und Stille beschreibt.«
Der Spiegel

Yann Queffélec

Lena in der Nacht

Roman. Aus dem Französischen von Michael Hofmann. 333 Seiten. SP 2698

Lena irrt durch Marseille. Nach der Trennung ihrer Eltern ist sie, gerade vierzehnjährig, von zu Hause ausgerissen und fällt Momo in die Hände, dem netten und grausamen Araberjungen, dem kleinen Dealer aus dem Norden der Stadt, wo die Illegalen leben, verstrickt in Bandenkriege und Drogengeschäfte. Momo versteckt Lena, er zwingt sie, bei ihm zu bleiben. Lena, die Tochter eines Polizisten, ist sein blonder Traum von einer anderen, bürgerlichen Wirklichkeit. – In diesem kraftvollen, vielschichtigen Roman konfrontiert Queffélec die sozialen Mißstände französischer Vorstädte mit den verlogenen Fassaden bürgerlicher Verhältnisse. »Lena in der Nacht« ist gleichzeitig erschütternde Sozialreportage, psychologischer Roman und spannender Thriller.

»Das ist ein tiefgreifender, ein vibrierender Roman und ohne Zweifel das beste von Queffélecs Büchern, voller menschlicher Wahrheit, voller Emotionen.«
Le Figaro

Die Macht der Liebe

Roman. Aus dem Französischen von Michael Hofmann. 297 Seiten. SP 2699

Als Mona nach acht Jahren Haft wegen Mordes an ihrem Geliebten bei einem Gefangenentransport fliehen kann, begegnet sie Emmanuel, einem Macho der Sonderklasse, und schlüpft bei ihm unter. Er gibt ihr Arbeit, Wohnung und Kleider und verfällt der attraktiven, wenn auch völlig heruntergekommenen jungen Frau bedingungslos. Doch Mona will nur eines: ihre kleine Tochter finden, die sie im Gefängnis zur Welt gebracht und zur Adoption hatte freigeben müssen. Eine Odyssee quer durch Frankreich nach Süden beginnt. – Dieser psychologische Thriller ist wieder ein Queffélec par excellence: kraftvoll und spannend, aber auch zart, poetisch, voller Emotionen und von beeindruckendem Tiefgang, wenn er Menschen in ihrer existentiellen Grundausstattung begreiflich macht.

Marcel Pagnol

Marcel
Eine Kindheit in der Provence.
Aus dem Französischen von
Pamela Wedekind. 276 Seiten.
SP 2426

Marseille um die Jahrhundertwende: Eine fünfköpfige Familie bricht auf zu Ferien in der Provence – und hier beginnt für den elfjährigen Marcel ein Sommer voller Schönheit und Abenteuer in den Wiesen und Hügeln der Estaque inmitten von Zikaden und dem Lavendel- und Rosmarinduft der Hochebene. Sein bester Freund, der Bauernjunge Lili, führt ihn zu den geheimen Höhlen und verborgenen Quellen und zeigt ihm die beste Methode, geflügelte Ameisen zu fangen. Der leichte und poetische Ton besticht durch den zärtlichen Blick, in dem Arglosigkeit und Ironie verschmelzen und der kindliche Kosmos wiederaufersteht.

Marcel und Isabelle
Die Zeit der Geheimnisse. Eine
Kindheit in der Provence. Aus dem
Französischen von Pamela
Wedekind. 195 Seiten. SP 2427

Die paradiesische Ferienidylle des elfjährigen Stadtjungen Marcel, der den Sommer mit seiner Familie in der Provence verbringt, erfährt einen jähen Einbruch in Form eines blonden, verzogenen Geschöpfs, das sich vor Schlangen fürchtet: Die tyrannische Isabelle tritt in Marcels Leben und macht ihn zu ihrem Knappen. Nun eröffnet sich das ganze Spektrum kindlicher Liebe, die in ihrer Absolutheit und Grausamkeit Marcel in heillose Verwirrung stürzt, ihn aber zugleich auch die großen Dinge des Lebens erahnen läßt. Behutsam nähert sich Marcel Pagnol seiner eigenen Kindheit und bewahrt dadurch Distanz, aber auch Zärtlichkeit und Ironie.

Die Wasser der Hügel
Roman. Aus dem Französischen
von Pamela Wedekind.
423 Seiten. SP 2428

Die Eiserne Maske
Der Sonnenkönig und das
Geheimnis des großen
Unbekannten. Aus dem Franzö-
sischen von Pamela Wedekind.
Vorwort von Kasimir Edschmid.
272 Seiten. SP 2775

Anita Shreve

Das Gewicht des Wassers
Roman. Aus dem Amerikanischen von Mechtild Sandberg.
292 Seiten. SP 2840

»Anita Shreve ist eine clevere Mischung aus schaurigem Kriminalfall und psychologisch ausgefeiltem Beziehungsdrama gelungen.«
Der Spiegel

Gefesselt in Seide
Roman. Aus dem Amerikanischen von Mechtild Sandberg.
344 Seiten. SP 2855

Maureen, eine junge Journalistin, lebt mit ihrem Mann Harrold und ihrem kleinen Töchterchen Caroline in einer trügerischen Idylle. Denn niemand ahnt, wieviel Gewalt und Mißhandlung Maureen von ihrem Mann ertragen muß. Und sie schweigt, vertraut sich niemandem an, entschuldigt seine Handlungen vor sich selbst. Erst nach Jahren flieht sie vor ihm. Für eine kurze Zeit findet sie in einem kleinen Fischerdorf Unterstützung, Zuneigung und Liebe. Aber Harrold spürt sie auf, und die Tragödie nimmt ihren Lauf.

Eine gefangene Liebe
Roman. Aus dem Amerikanischen von Mechtild Sandberg.
253 Seiten. SP 2854

Durch Zufall stößt Charles Callahan in der Zeitung auf das Foto einer Frau, die ihm seltsam bekannt vorkommt. Es ist Siân Richards, die er vor einunddreißig Jahren als Vierzehnjähriger bei einem Sommercamp kennengelernt hatte und die seine große Sehnsucht blieb. Überwältigt von den Erinnerungen schreibt er ihr und bittet um ein Treffen. Auch für Siân war die Geschichte mit Charles nie beendet, sehr zart sind die Bilder der Vergangenheit, sehr heftig das Verlangen. Und aus der unerfüllten Liebe von einst wird eine leidenschaftliche Affäre. Aber beide sind inzwischen verheiratet, haben Kinder und leben in verschiedenen Welten. Sie geraten in einen Strudel von Ereignissen, die unaufhaltsam auf einen dramatischen Höhepunkt zusteuern.

Verschlossenes Paradies
Roman. Aus dem Amerikanischen von Heinz Nagel. 348 Seiten.
SP 2897

Anita Shreve

Die Frau des Piloten
Roman. Aus dem Amerikanischen
von Christine Frick-Gerke.
277 Seiten. SP 3049

Für Kathryn war klar, daß sie
zu niemandem auf der Welt ein
so inniges, so vertrautes Verhältnis hatte wie zu ihrem Ehe-
mann Jack. Bis zu seinem plötzlichen Unfalltod: denn nun tut
sich für sie ein Abgrund an
schrecklichen Vermutungen
und Gewißheiten auf.

Eigentlich war ihre Ehe glücklich, ja sogar leidenschaftlich
gewesen. Ihre Geschichte hatte
begonnen in jenem Haus am
Meer, mit seinen hohen Fenstern, durch die man den blau-
grünen Atlantik sehen kann.
Eines Tages hatte Jack ihr dieses Haus tatsächlich geschenkt
– als Besiegelung ihrer großen
Liebe.

Unfaßbar ist für Kathryn daher
die Nachricht seines plötzlichen Todes – Jack, Pilot bei
einer großen amerikanischen
Fluggesellschaft, ist mit einer
vollbesetzten Passagierma-
schine vor der irischen Küste
abgestürzt. Die Medien mun-
keln von Selbstmord – aber Kathryn will es einfach nicht glauben. Was könnte ihr Mann vor
ihr verborgen haben? Eine rät-
selhafte Londoner Telefon-
nummer, die sie in einem seiner
Kleidungsstücke findet, weckt
einen furchtbaren Verdacht in
ihr ...

»Anita Shreve lenkt hin, wühlt
auf, schöpft Leiden, Liebe und
Passion. Auch diesmal mit Mut
zum großen Gefühl – und Gefühl für gute Prosa.«
Hamburger Abendblatt

SERIE

PIPER

PIPER

Madeleine Bourdouxhe
Unterm Pont Mirabeau
fließt die Seine

Erzählungen. Aus dem Französischen von Sabine Schwenk.
101 Seiten. Geb.

Im Werk der großen belgischen Autorin nimmt diese
Erzählung einen besonderen Stellenwert ein: Als einziger
autobiographischer Text ist sie ein Lobgesang auf Mutter-
schaft und Geburt und zugleich das Manifest einer selbst-
bewußten, mutigen Frau. Aus dem überwältigenden
Erlebnis der Geburt geht die Ich-Erzählerin nicht hilflos
und erschöpft, sondern kraftvoll und stark hervor. Ihre
kleine Tochter kommt 1940 mitten in den Kriegswirren
in Brüssel zur Welt, und schon am darauffolgenden Tag
muß ihre Mutter mit ihr vor den deutschen Besatzern nach
Südfrankreich fliehen – wie die Jungfrau Maria vor den
Häschern des Herodes. Faszinierend ist es, wie Madeleine
Bourdouxhe das persönliche glückliche Ereignis über das
Grauen des Krieges setzt und den Krieg damit in seiner
Sinn- und Bedeutungslosigkeit entlarvt.